完美的路演

西门媚 著

一种异乎寻常的写实，就像一种超能力。
在交错的旅途中，尽可能多的发掘细节。
世人不曾注意的小事，如同埋藏在地下的古董，经过擦洗，
闪出人性幽微而永恒的光。

江苏凤凰文艺出版社
JIANGSU PHOENIX LITERATURE AND ART PUBLISHING, LTD

图书在版编目（CIP）数据

完美的路演 / 西门媚著. — 南京：江苏凤凰文艺出版社，2016
ISBN 978-7-5399-8581-7

Ⅰ. ①完… Ⅱ. ①西… Ⅲ. ①随笔－作品集－中国－当代 Ⅳ. ① I267.1

中国版本图书馆 CIP 数据核字（2015）第 180275 号

书　　名	完美的路演
著　　者	西门媚
责任编辑	于奎潮　丁小卉
出版发行	江苏凤凰文艺出版社
出版社地址	南京市中央路 165 号，邮编：210009
出版社网址	http://www.jswenyi.com
经　　销	凤凰出版传媒股份有限公司
印　　刷	三河市华东印刷有限公司
开　　本	880 × 1230 毫米　1/32
印　　张	7.875
字　　数	180 千字
版　　次	2016 年 2 月第 1 版　2020 年 4 月第 2 次印刷
标准书号	ISBN 978-7-5399-8581-7
定　　价	35.00 元

（江苏凤凰文艺版图书凡印刷、装订错误可随时向承印厂调换）

目录

序
熟悉的陌生人和陌生的老朋友

我常收到读者的留言，一种是：“我也看到过这样的事，可我写不出来。”另一种是：“还有这样的人，太奇特了。”

这两种留言都主要是给我一类专栏的。这是我最喜爱的一类随笔。

从表面看，这些随笔不尽相似，就像那两种读者评价，但实质上，它们是相通的。

我一直在做一种尝试，在随笔里，以介于写实和小说之间的手法，来描摹这个世界。

我想要的“写实”，是一种超乎平常的写实。就像一种“超能力”，看见别人不容易看到的细节。和人、事短短的接触，我喜欢像侦探一样，尽可能多地发掘细节，那些别人不曾注意的小事，都会像埋藏在地下的古董一样，经过擦洗，闪出幽暗却永恒的光。

网上常有读者，看了我的“观看”，忍不住会说：“能不能贴张图，有图有真相。”我知道，他们被我的描述引逗了，他们惊讶有这样的人和事，他们也想看一看现场。 但他们犯下的错误，就是，他们的生活中也有相似的人和事，只是他们不曾“看见”。

比如，我曾在一个小随笔里写我在地铁里见到的两个外乡女人。都是漂亮的女人，一个四川人，一个黑人。 我跟她们都只短短地同了几站路。 除了眼见的外表，并不知道她们的来龙去脉。 但我用白描的方法，仔细跟读者讲述，那个四川女人和她老公及三个孩子的样子，他们的衣着细节。 从这些细节中，推测出他们的性格爱好、经济状况和家庭关系。 那一位漂亮的女黑人，因为她是单身一人，我能分析的资源就更少了。 我便从她的裙子、首饰、鞋子、手袋推测出她的工作类型、常去哪些地方。

她们都是生活中的普通人，每一个人生活中也都会遇见相似的人。当我用文字把细节放大，让读者的视线随着我的描述聚焦，有些人才会第一次真正“看见”她们。

这也让我想起了十五年前的一桩小事。 那时，我还是一名做深度报道的报纸记者。 因为要做关于春节的报道，我和同事从广州到成都的长途火车上，随机选择了一位回乡的皮鞋厂女工，跟她一起回家。

我们详细跟拍她回乡的细节，比如火车上众人的辛苦和盼望，临近家乡，她怎么换上新鞋，怎么转车，怎么走上山路。 丈夫飞奔相迎，两人见面激动，面对镜头又害羞的表情。 家里两个孩子见到母亲兴奋又略略生疏的神情。 因为假期太短，路上花费太大，她已经两年没回过家了，四年没在家过春节。 丈夫拉着她去看新修的猪圈。 正是用她在外面挣的一千多元钱，修建了这个新猪圈。

她在家一共只有四天。 我们给他们一家拍了张全家福，就匆匆离开。我们为占用他们的团聚时间感到抱歉。

那个报道，我们做了整整一版。有文字，有照片。细节饱满，情感充沛。标题就叫做《团圆》。我还记得，总编签片的时候，也感动不已，跑来跟我们聊，会不会有读者来捐款。我当时就跟他说，不会，这不是一个悲情的故事，只是一个普通人的故事，因为细节被我们看到，我们就会觉得感动。

我那时就发现，用文字，以摄影的方式，来表现细节，比图片本身，比概括性文字，更有力度。有图未必能看到真相，文字却可以聚焦目光，让读者真正“看到”。

近几年，我在报纸上开设的专栏叫“媚的路线”，就是以这种方法，记述我所经过的人和地方。以最细密的笔触来体现，生活中一个个不被人注意的角落。

寻常的旅程，用这样的眼光去观察，熟悉的旅途就会陌生化，就会发现人世中更丰富的东西。那些世界是我们生活之外的。每个人的经历都是有限的，如果用这样的方法，你就能体会更多的人生，更深邃的世界。

我的另一类专栏正好相反，是写身边人的。前面的那类是把陌生人熟悉化，仔细拆解陌生世界。后面的这一类是把熟悉的人陌生化，用新的眼光来看待他们。

身边的朋友，相处太久，熟悉亲切，但也因这种熟识，让人失去感觉和判断。我喜欢用相反的方法，抽离自己，远距离地来审视他们。这样，你便看得到更精彩的人生。

也正是这个原因，这一类随笔，常给人以惊讶。读者会说：怎么你的朋友都这样有意思，不同寻常。

每个人的身边都会有这样的朋友，只是相处日久，感觉被日常生活的碎片淹没。如果抽离自己，或者退远一些，就能看到山峰的真正面貌，山脉的实际走向。又像后退几步观赏油画，反而更清晰。

就像前面讲到的那个关于《团圆》的报道，我当时觉得做得圆满极了。细节动人，以小见大。同时，也尽力不影响采访对象的生活。事后，还加洗了几十张照片和几份报纸分别寄给女工的家人和已回广东的她。

她很高兴地回信，想要我和同事的签名照片，以作留念。但当时的我觉得这样太矫情，我们从没拿自己当明星，因此并未按她的期望寄去我们的照片。

多年以后，阅历渐渐丰富，更多地体察人性，才觉得，当年不寄自己的照片，也是一种矫情。当时不理解，寄签名照并不是看重自己，炫耀自己，而是自己也可以成为别人的生活背景，成为那位女工一个美好有趣的回忆。

能理解这些，是时间的馈赠，是终于能够抽身出来，审视最近距离的事物。

描写陌生人的方法像高速摄影。放慢了时间，一个瞬间也被放大定格，就像世界的切片。

表现熟悉的人的方法更像延时摄影。延时摄影可以看做是与高速摄影相反的一种方法。

延时摄影是在很长时间内，用较低的帧率拍摄一个对象，把对象缓慢的变化记录下来，再用正常或较快的帧率播放，让人眼就能轻易分辨对象的变化走向。

相应的，后面这部分的随笔写给媒体时，专栏名叫做“老友记”、“神仙记”、“铅笔剧场”等等，它们因为运用了这样的方法，变得生动有趣，不像普通的散文，更像一类微型的小说。

这正是我想要的随笔，介于小说和写实之间，运用“快”与“慢”的转化，它们表现这个世界的细节，描述小人物小事件。

在这里，我和读者，都会遇见熟悉的陌生人和陌生的老朋友。

第一章　路　线

地图的起点

我听说国外有的学校教小孩子学地理的时候，是从画地图开始。画地图，是从画自己家开始。卧室、客厅、餐厅、厨房、卫生间。然后扩大一点，就画自己家的小区，从自己家往外延展，所在楼房、旁边的楼房、道路、花园、停车场、大门……画完这个，可以再扩大，画自己家周围的片区、街道、商场、学校。更往后，就可以画城市地图，学习省市地图……

世界就这样一片片地联结起来，从细节到宏观。

我小时候学不好地理，就是没弄懂地图的原理。在老师的带领下，妄想靠背诵记住那一片片彩色的不规则图形。老师让学生背住，并且时时抽查：某省，地图形状像一个什么，相邻哪几个省份，主要物产是××和××。地理变成了无趣又折磨人的课程。

如果是从自己家开始认识世界这样学习地理，当初我一定会喜欢上这门课的。

这样的方式，其实是我现在理解地理的方式。以自己所在为原点，再往东南西北扩展。我喜欢研究城市地图，研究每一条路的走向，每一条河流的流向，研究从一个地点到另一个地点有哪些种走法。再细致下去，是研究一座城市布局，每一个区域承担的功能。

我每到一个城市旅行，总是要买一份地图来研究。 虽然现在手机和电脑上都能方便下载地图，但一大张纸质的地图，拿在手上把玩，可以翻来覆去，可以仔细看细节，可以大致看轮廓，可以折叠，可以做记号，画线、打钩。 去过哪些地方了，哪些地方是重点，哪条路线比较方便。 打着重符号的地方，是所住的酒店。 这种感觉，绝对不是电子地图可以替代。

电子地图也有自己的优势。 我觉得最好的一点便是可以卫星定位。 马上找到你在这茫茫地图上的位置。 找到自己，东南西北方位就清楚了，周围的一切杂乱建筑、街道，就清晰了。

在火车上，我也常打开电子地图，来进行卫星定位，看看自己又到了哪儿，周围是些什么山，刚刚经过的那个小站叫什么。 但时时会因为信号屏蔽等原因，效果不好。 感觉最为特别的一次是在长江上坐轮船过三峡。 因为在甲板上，头顶上方就是天空，所以，定位非常准确。 看着代表自己的那个蓝色小箭头，在浅蓝色的水道上奋勇前行，路过一个个村寨、山峰。感觉非常神奇，真是轻舟掠过万重山。

我也试过手绘地图。 用一张大纸和彩色铅笔，描绘我自己的地图。 在这个地图上，以我家为出发点，四向展开的是我常去的地方，我散步的路线、逛街的路线，喜欢的餐馆、爱逛的书店、画画的公园。每一个地方都有特别的图例。 比如凉粉店画了一碗凉粉，甜品店画上一支冰淇淋，喜欢的服装小店当然是一件裙子。 一座城市被我简化了，变成了我个人的城市。

这个地图，可以称为私家地图，标明的是我和这个世界的地理关系。 这也是地图最初的样子吧？ 想象一下原始人，在山洞壁上，画出自己所在地，野果采集处，狩猎之处，猛兽出没地。 有了这个地图，他对世界就有了把握。

在路上练眼神

在路上练眼神最好。这个眼神不是京剧演员的那个眼神啊，不是那眼波流转，媚眼横飞的眼神。而是从外表看出一个人的许多方面，比如籍贯，职业，家庭状况，干什么呢，想什么呢……

这很像福尔摩斯的能耐，这也是一个小说家该有的本事。

在旅途上，时间大把，面对的又都是陌生人，正好练练眼神。

最开始的时候，常在公车上，看陌生人。最早辨识车内的乘客还不大行，觉得能凭借的资讯不够。那时就看车外的人。骑自行车的人，骑电瓶车的人，在路边等车的人。开始猜想，他或者她的情况如何。从表情上来看悲与喜，体会对方的心情，设想他/她在生活中难题是什么，梦想是什么。

第二个阶段就能分析车里的乘客了。从他们的年龄打扮，坐车的路线和时间，同伴等等，能分析出的内容就多了。比如，上午十点左右，在车上的，着半正式上班装的，往往是跑外勤的人员。假设碰到这样的一位三十岁左右的女士：表情严肃，没化妆，头发整洁地挽在脑后，挎一个平整的大包，这极有可能是一个出外勤的财务人员。我听开小公司的朋友讲过，有许多小公司都是请会计公司来替他们做账。会计公司的女员工们会在全城跑动，为无数的小公司忙碌。

我看人就是这样，结合了各方信息。

这些分析好多只停留在猜想，无法验证。但我还是感觉到，我的看人功夫越来越强。

有一次在城市里步行，下午一点多。我们看见前面有一位中年女人，穿着黑丝袜、高跟鞋、棕色及膝丝裙，手上拎了一个白色的手袋，兴冲冲地走着。目不斜视，每一步都一顿一顿的，很有节奏，很用劲。

我便跟西门家的人说："你猜她是做什么的？"

他迟疑地说："可能是小商店的店员吧。中午出来吃了个饭？或者是逛街买东西的人？"

我摇头，说："不对。估计是到洞洞舞厅跳舞挣钱的。"

洞洞舞厅是成都一种廉价的色情场所，处于灰色地带，并未受法律禁止。

西门家的人觉得我这猜想太过突兀，简直是天马行空。我便说，不信就看看，赌一把。于是我们远远尾随，过了两次红绿灯，大约一里路之后，真的看见前面的那个女人走进了一间洞洞舞厅。

西门家的人看呆了，连赞我的观察力。

我们还看见了好多打扮得古里古怪的中年女人都在进场。看了看表，正好是两点。看来这是她们的上班时间。下次我判断这种事，就有了更多的资料。

有一次旅行途中住酒店，店方通知我们从五楼换房间到七楼，跟我们解释，说酒店正在更换新床，请我们支持一下。我们吃了早饭回到酒店，在电梯里碰到两个尼姑。我们去七楼，尼姑去五楼。我就跟西门家的人说："尼姑是来买旧床回去的。"西门家的人难以置信。

到了下午，我们果然在酒店门口，看见一辆大卡车来拉那些旧床。

监督搬运的，正是那两个尼姑。

西门家的人对我的眼神彻底服了气。

我最后补充："这么多旧床，做学生的床太宽大，做僧尼的床也过于豪华，估计是想在风景区开旅馆，不是农家乐，可以叫做'佛家乐'吧。"对于这个猜想，西门家的人再无异议。

路遇青城山脚一条狗

春天的时候，我们到青城山脚下小住。下午，到青城镇吃饭，然后随意走走。

我们吃饭的店在镇口，和公路相接的地方。吃完饭，便向镇里走，向着靠山的那头。这个小镇是个夏日避暑之地，现在游人稀少。两旁的饭店也开着，店员老板都很清闲。路往高处延伸，饭店变少了，旅舍多了起来。

就在这时，我们注意到前面有一条狗。白色的，但毛色有点脏了，很快活地在我们前面小跑，不紧不慢，跟我们的速度相仿，与我们之间始终保持着同样的距离。小狗大约是京吧和什么狗的混血，丑丑的，有个黑黑脏脏的鼻子。尾巴摇着，好得意。

它时不时地回头看我们一眼，所以我才会注意它。我觉得它像在带路一样。于是，我猜，它会是哪家旅馆的狗吧？以为我们要住店，殷勤地把我们领到它家？

到了一家旅馆门口，它又回头望望我们。这家店看起来很有点小资调调，算是这镇上最好看而又最干净的一家。也许是看出了我的表情，它领头跑了进去。

我笑了笑，继续向前走，没有跟着它。我们是想去看这小镇的另一头的样子。

又走了几步，莫名其妙地回了回头，小狗居然跟在我们后面。它从那家旅馆出来了，我们过一个街口的时候，它便冲了几步，又跑在我们前面。

这一下，也许它知道我们不是去住店，开始见什么店都进去，呆一下，见我们路线不变，又退出来，继续跑在我们前面。

理发店进去过了，小商店进去过了，小面馆也进去过了，茶社也进去过了。小镇的路已经微微上坡，两边没有什么店铺了。看背影，我猜它挺困惑的，不知我们要往哪儿去。

路两旁是高大的杨树，新芽初绽，枝叶清晰，正是最好看的时候。再往上走，一堵墙横在面前，这个镇的路已经走完了，这堵墙里是一个关闭了很久的度假村。路拐了弯，向山边抄过去。

我们向回走，小狗又来了精神，在我们前面小跑着，仍时不时地回头关照一下我们。

有一只漂亮的小黄狗，迎向它而来，嗅嗅它，应该是在打招呼。谁知它只是敷衍地回嗅了一下，不耐烦跟小黄狗纠缠，继续往前，生怕和我们走散。

前面还有几只土狗在街上溜达，似乎正等着小白狗过去玩。我心念一动，拉着西门家的人往旁边的巷子一躲，就听得几只狗汪汪了几声，忽然，小白狗转了回来，它来找我们了。看着我们躲在旁边的巷子，终于放了心，等在那儿。

我们重新回到正路上，它在我们身后小跑跟着，现在离我们的距离更近了。

中间偶一回头，居然看到它正对着我们大咧着嘴，不知是打哈欠，还是在扮鬼脸。一见我们看见了，马上合上嘴，装作什么都没发生。

这番表现把我们逗得直乐。

我跟西门家的人开玩笑，你说，它是谁附身啊？ 是那谁谁谁吗？表情有点像啊。 从另一个时空穿越而来吧？ 然后我又对着小狗说：那谁，你还好吧？ 好多年不见了。

小狗不理会我的玩笑，执著地陪着我们逛完整个小镇。

与小狗同行

在青城小镇，我们路遇一只热情的小丑狗，从镇头领路到镇尾，再返回来。我们跟它开玩笑，躲起来，想甩掉它，结果被它找到了，它露出受伤的表情，让我心里歉然，便想着到哪儿买一只火腿肠请它。一路看着，就是没找到卖火腿肠的小店。

我有时在路上遇见跟我打招呼的小猫，我会跟它玩一会。有一段，甚至兜里特意放点小零食，给它们准备着。有一次，在东湖公园，遇见一只猫。便给了它牛肉干。好半天它没跟上来，回头才发现，它正在困难地对付那牛肉干，脸都变形了。牛肉干太硬了，不适合小猫的牙齿。但为了表示友好，它决心把那牛肉干吃掉。在小区里散步的时候遇见流浪狗，有时会在街边买一块钱火腿肠给它。今天面对这只陪伴了我们这么久的小狗，却没有什么东西可以给。

但它并无所求，很快就忘记刚才的事情，又活泼起来，尾巴摇得开心，在我们前面匀速地小跑。路过小店都绕到门口，甚至进去两步。我觉得都是炫耀性的，它好像在向那些店家展示，似乎在说："看看，我也有人一起玩。"有的店家笑着对它说一句话，我听不大明白，也许它这样领路玩是经常的事？

再往前走，就走出小镇了。要过一个宽阔的路口，公路上的车辆很快，并不因为经过镇口的人行道减速。 我们向小狗挥挥手，跟它打招呼，说：“回去吧！ 我们要走那边了。”

小狗站在街头，望着我们，我们从人行道过了路口，走了两步，忽然看见小狗从前面快速冲过公路，又跑在我们前头。 我有点着急了，跟它大声说：“快回去，快回去。 你等会儿找不到路了。”

但它仍旧在我们前面一段小跑着，每经过一个路口，就停下来观察我们的方向。

我们要穿过一个酒店的大花园，再往快铁站方向走。 我们住的客栈稍远一些，在一个安静漂亮的别墅区里。

它是不是想跟我们回家啊？ 但是我们是住客栈啊，没办法带它回去啊。 它会被保安轰走吗？ 或者被客栈老板娘嫌弃？

心里打着鼓，不知该怎么办。

花园里的小径是用木板铺成，别致漂亮，是仿照青城山上的古栈道。 大树前面也有一对男女，女士和我一样，也穿着长裙，他们亲亲密密地走着。 小狗在我们和那对人中间，匀速地跑着。

小径分叉，那对男女走向花园深处。 小狗跟着他们向前。 我们方向不同，我们沿着花园的边缘走着。

小狗不再跟着我们，不知是它有意选择了那一对人，还是跟错了。总之我们悄悄松了口气。

几分钟后，我们远远地听到那对男女在说：“谁家的小狗啊？ 怎么跟到这儿了！”他们已经要走进酒店了，不知小狗会去向何方。

我们已转过树篱，看不见他们那边的状况了。 我们猜测着，小狗最终是兴尽而归呢，还是恋恋不舍地流连在酒店门口？

前一段看过一则新闻，有一条小狗在路上遇见一位大学生骑车去西藏，于是一路跟随，跑完全程，几千里。 我想我在青城山镇遇见的这只小狗，似乎也有这样的精神。

穷人富马

朋友说，我们知道的一位画家发达了，标志性的事件是，他花了580万买了一匹赛马。光听名字就很吓人，是西班牙的什么什么品种。而且这马只是养来玩的。你想想，买一匹赛马，还得搞一个马厩，雇一名马夫。这可不像买个车停在车库里就行了。

“当然，这马要出租也很贵，”朋友补充说，“一小时就得八百元。”

我听了这话，想了想说：“还是租合算啊。租来骑上一两小时，就够啦。多半你一年就骑这一回，可能一辈子也就骑这一回。不用打理，不用考虑那么多麻烦事。就算花上千儿八百的，也还行。”

我此话一出，即被大家嘲笑：这就是穷人和富人的区别啊。穷人想的是合算，富人想的是拥有。完全不是一个境界。就算骑过同一种马，那本质也是天上地下。

话说我还真骑过赛马。那是好些年前，在北京顺义马场。当时有伙人，自封“首都记者马队”，借媒体便利，经常在那儿骑马玩。有一日，我的闺蜜——首都知名女记者，带我去玩。到了马场，看见那些威风凛凛的高头大马，肃然起敬啊。马术教练教我们简单的知识后，让大家各骑一匹跑跑。他们分派给我一匹棕红色的赛马，高大，英俊，是体型最大的那一种。

当我奋力爬上马背之后，我胯下的马和一大群赛马都奔腾向前。真有融入时代洪流的感觉，滚滚向前啊。可马上就不对了。在跑了一小段之后，我的这匹马居然就停了下来，偏着头，似乎有点困惑。

我知道是我体重太轻，个子太小，在马看来这毫无存在感。

我按之前教练所说，用脚后跟敲——敲不动。扬起鞭子，打下去，也软软的，毫无力气，还差点打到自己。我没办法，只好俯下了身体，抱着马脖子，小声又温柔地对着马耳朵说话："求求你，跑一跑吧，别人都看着我们呢，呃，给个面子啊。"我看着它美丽的大眼睛，长睫毛还一颤一颤的，啊，它听懂了。

它后退两步，掉转了头，居然小跑起来。它是向回跑的！

我震惊了。

我回头望着远处，远处人和马已经到了终点，正望着我。我对着马喊，回来回来！

停在出发点的教练终于发现这件事了，他双腿一夹，拉动马缰，飞快地往我这边骑过来。在空中挥动着鞭子，只听那鞭子划破空气，发出响亮的声音。

我骑着的这匹马见到教练要来了，立即回转身，开始猛冲。疯了一样地跑，比刚才别人的马还要快很多。我俯低了身体，抓牢了缰绳，大气不敢出，觉得随时会掉下马背。

这马真的忽视我的存在。

到终点的时候，教练又远远的一喝，马停了下来。我再看众人，他们瞪着我不说话，都有吓着的表情。

有人扶我下马，说："你还是别骑了。"

再之后，有人自恃体重身高都镇得住马，"艺高人胆大。"在辽阔的马场上跑了一两圈，又搞了个小比赛，就真有人被摔下了马。

是位男士。 我们远观的人一片惊呼，所幸他的脚及时脱了马镫，只是轻微摔伤，没被拖行，没有更严重的后果。

马过山冈

自从在马场被高贵的赛马鄙视，我就有了心理阴影。

两年后，一帮朋友约着到四川松潘去玩，到了那儿，我才知道，是要骑马进山。

清晨在木板房里醒来，跟着朋友们来到县城边上，马帮的人已经来接我们了。他们四人，我们六人，共九匹马，另外还有一头毛驴。这些马跟在马场看到的赛马差异很大。基本是川马，体型小，颜色杂，长得也不够威风，背上没有马鞍，而是驮着一些装在麻袋里的杂物。骑马的人就坐在那些杂物袋之上。这些马看起来“界面友好”，想必它们不大会像赛马那样无视我的存在。

男士们让我们先选马。我于是对马帮的人说：“我要一匹性格最好的。”

马帮的人显然也常照顾像我这样的娇娇小姐，他们乐呵呵地指给我说：“那骑这匹，这匹最温柔了。”

这是一匹黄马，在这一小群马里，算高的，大眼睛，看起来就很温和，我觉得它有点斯文体贴。骑到马上，又加上座下的麻袋装了好厚的东西，顿时觉得自己变得好高大，看世界的角度都不同了。这匹马温柔地在原地转了一下。真好。我庆幸自己选对了一匹跟我相投的马。

我们同行的一位男士，在众人都选完之后，挑了那头毛驴。

毛驴个头要小好多，一点都不威风。马帮的人说，可以跟他换，他摇头，说："这就很好。"

另一位男士选了一匹黑马，据说是脾气最坏的马。

我们就此进山，将在马背上度过三天。

马帮的人没说错，黑马是坏脾气的马，果然很霸道。进山的路崎岖艰险，宽的地方可以两马并行，窄的地方单马前行都要小心。

那匹坏脾气的黑马，常在马队中挤来挤去，一会在前，一会在后，甚至会去踢其他的马。骑马的人也完全约束不住它，只好在它背上，随着它前后乱撞。

骑了一段路，真就看出来了，这一小队马的脾性差别是很大的，在它们心中，也是排了号的。

坏脾气的黑马，随时挤其它的马，特别是两马并行的时候，它要占据好走的那一边。其他的马也会欺负更软弱的。那头毛驴性子也不温顺，最不爱听人指挥，但它毕竟个头小，跟其他的马挤，它的体力都不行，最后，它会来欺负我骑的这匹黄马。

这匹黄马完全是老好人一样，所有的马都可以欺负它。把它挤到杂树丛中，它便在杂树丛中跑，我得随时闪避迎面刮来的树枝，脸上还是刮了好几下。把它挤到山壁的岩石道下，它就低了头从岩石下钻过去，完全顾不得在上面的我，我得趴下身体，跟它一起钻过岩石。险象环生。

但更多的时候，群马顾不得互相争斗，地势险要的地方，它们得靠自己努力。有的地方山高雾寒，近山顶的地方连植物都不长，常是一陡坡的石块。马蹄踏上这种碎石，极易打滑。我们下了马跟在后面，马帮的人紧拉着马缰，努力引导，奋力驱赶，马才一匹匹地安然越过山顶。

翻过山冈，下到植物茂密的山谷，终于走上了绵延舒缓的山间小路。马儿都兴奋起来，不再拥挤争抢，开始向前撒欢般地奔跑。我骑的这匹黄马猛地跑起来，约束不住，也无法约束，只好随它去，听得马蹄声清脆地回响在山间。跑了好一阵，马儿终于放缓了步子，轻快向前。

这时，便让人有种错觉，觉得这是行走在古代。一小队马和人，走在无人之境，走在时间之外，忍不住想起关于马的诗歌，想起武侠故事，想起李白和杜甫。

你没看见的那些路上风景

有一天我跟西门家的人讲，我已经改掉了一个古怪的习惯。以前，我不管是坐飞机、火车、轮船、长途汽车等等，我都会去上一上洗手间，现在，只是需要才去。别人很难想象我这种有轻度洁癖的人，居然会去上长途汽车上狭窄肮脏的卫生间。西门家的人很理解我，那是因为我的好奇心。我想知道关于路上的一切，座位是怎样的，卧铺是怎样的，包厢是怎样的，餐车是怎样的，窗外是什么风景，站台是哪种格局……当然，也包括卫生间是什么样子的。话说，不同的交通工具座位大同小异，可卫生间的区别可就大了。通向铁轨的如老式火车，直接洒向江河的是轮船，封闭的如飞机、高铁……哪怕同样是封闭空间，也各有特点，飞机要尽力节省空间，高铁不同的车厢卫生间会样式不同，有的是普通方正的，是为了车厢两边分别利用，我还见过半圆形的，有设计感的。现在对交通工具上的卫生间不再过度关注，是因为我已经看过太多，我知道它们都会是什么样子的了。

早年差点接受一位飞机机长的追求，只是因为他说可以带记者去驾驶舱观摩。那时，我还在某报当记者，一听他的提议，心痒难耐。忍不住在内心开始盘算，找一条有趣的线路，跟着飞一趟，文章怎么写，都开始打腹稿了。当然我也知道，他这么做，有些不妥，是因为明白了我的兴趣点。幸好，理性还是胜过了好奇心，没有接受他的邀请。

更早的时候，二十岁之前，第一次坐飞机出远门，才和家人分别了，还正有点抽抽搭搭，坐在飞机上靠通道的位置，止住眼泪，就对旁边的人说："可不可以让我坐窗边，我是第一次坐飞机。"旁边的人睁大了眼睛，连忙答应我的要求。

我的好奇心总是如此汹涌。电影《阿甘正传》里阿甘母亲有句名言：生活就像一盒巧克力，你永远不知道下一颗是什么味道。但如果我面前有一盒糖果，我会全部打开，把每一种颜色、每一种形状的，都先只尝一颗。有的糖果我知道，除了外观不同，味道是完全一样的。比如M&M巧克力豆。但我会因为颜色不同，感觉也有所不同了。认为红色的会热烈一点，咖啡色的浓郁一些，黄色的更加香脆。

像我这样的人，对一切新颖的东西都充满好奇，最害怕沉闷不变的生活。其实我也不算特例。日本画家兼作家妹尾河童，坐火车的时候，会仔细地把车厢描画下来，连座位的尺寸、靠背的高度、旁边挂钩的位置等等，都要测量清楚，记在画作旁边。以致不止一次，被人怀疑是间谍什么的，是不是要图谋不轨。

相比他而言，我就随意太多了。我也在火车上画过画，但画的是窗外的风景。我写过关于火车的小说，写过车厢内的人和事，也写过铁轨边上的人和事，更写过关于火车的游记。

我还清楚地记得我高一的时候写过一篇长文，准备去参赛，写我坐公车上学，四季看到不同的人事和景致，描摹得非常细致。我那时就在车上默默观察。语文老师不能理解，觉得太散了，没有中心，没有主题。

那时不知怎么反驳他，现在知道了，人在路上的主题永远是——我看到了你没看到的那些特别的风景。

关于自动输送的问题

现在对交通工具上的卫生间不再过度关注，是因为我已经看过太多，我知道它们都会是什么样子的了。 好在，旅途永远会提供无穷的新玩意给我。

比如前一阵去广州，在地铁车站，看到地铁交通图上，旁边单独用另一种颜色，画了一小截路线。 那是一种透明的浅蓝色，一个个圆圆的图形，用同样颜色的直线连接起来。 很像一连串玻璃泡，用琉璃管连通起来。 旁边注明："旅客自动输送系统。"

这个"旅客自动输送系统"在地图上，并不与地铁相连，是独立存在的。 旁边还有一个很神秘的简称："ＡＰＭ"。 自动输送系统，听起来太神奇了。 我问广州的朋友，你们坐过"ＡＰＭ"吗？ 他们都摇头。 那你们觉得"旅客自动输送系统"是什么样的呢？ 于是他们纷纷猜想。

最离奇的猜想是说：人站进去，嗖的一下，就从另一个点穿越出来，像传真机一下。 也有人补充，也可能是点对点传输，一个零件一个零件传过去。 传过去组装错了，就麻烦了。

认真的朋友猜想说：应该是一个自动走廊，就像机场的那种，随时可以上下，在都市里看一把风景。 我也是这么想的，猜测还会有一个透明露天的玻璃棚，人在巨大的玻璃管道中，不受风吹雨淋，慢慢观光。

于是到广州的第二天，我和西门家的人的游览计划就是去坐一坐“APM”，把自己输送一回。

坐地铁到了林和西，在街上走了一小段，找到了“APM”入口，居然是往地下去的。这有一点小小的出乎我的意料，看来，不是看地面的风景了。但总是观景的嘛，因为“旅客自动输送系统”明明把旅客这两个字突出了，而不是叫“交通输送系统”之类的。

再往下走，很像来到了一个小型的地铁站。嗯，比地铁站要小一些，窄一些。旅客很少。我跟着那些人一起等车，心里不免嘀咕起来，不停地想找出跟地铁不一样的地方。

车来了，玻璃门打开，进了车厢。

果然不一样啊，不仅车厢小一些，而且这个车总共只有两节，不像地铁是一长列。这两节车厢只是前后挂在一起，并不联通，不像地铁车厢与车厢之间可以走动。最最关键的是，这两节车厢没有车头。我坐在靠前的那个车厢里。车辆猛地就发动起来。不知道动力来自哪里，也许是轨道吧。

车厢前面是透明玻璃的，坐在里面，能看到车厢直冲进狭窄幽暗的地道，随着地道的坡度、弯道的变化，不时剧烈地晃动，并发出巨大的哐哐哐的声音。我想起了常在电影中见到的镜头：在废弃的地下矿坑里，主人公坐在采矿车里滑行，轨道往前延伸，前路不可知，说不定走到哪儿，轨道就没了。

在这种胡思乱想中，坐了好几站，除了不舒适，还有点不安全的感觉，实在找不出别的特点了。这才哈哈笑着，下了车，到了对面，再坐回起点站。

晚上碰到当地的朋友，眉飞色舞地跟他们讲这“旅客自动输送系统”是怎么输送的。

又到网上去查证，这个古怪的交通工具的来由。 再看地图上的图示，西门家的人忍不住说：“这个就是一截盲肠嘛，没用，还麻烦。”

我心里乐着，觉得它还是有长处，至少取了个足够吸引我的名字。

火车售货一台戏

前几日，我乘了一趟 T252 次火车，从成都去万州。

这是一趟从成都开往武汉的火车，列车组是武昌的。这是我第一次乘坐湖北的列车，上来就发现车上的服务明显不同。湖北人懂生意经，脑子活，人勤快，想出了各种服务项目，兜售的人像各种戏剧出场。

最先来的是一位中年男人，披着一件铁路制服，说着奇怪的列车普通话，口音听起来近似喜剧演员王宝强。他手上拿了一大堆盒子、电线之类，他是卖随身充电器的，专门针对手机没电的人。他用便携的扩音器对着整个车厢广播，又到每个座位一一展示。

中年男人刚刚离开这节车厢，接着就来了一位姑娘。她没穿制服，而是穿件小花衣服，喊着："出租电脑，打游戏、看电影、看大片。"跟着她又解释，这个还可以充电，也可以给笔记本提供电源。有人问了价格，也不贵，一小时十元。我对面座位的一位胖子马上跟她讲价，八小时，五十块钱？姑娘，说，五十块钱五小时，再送你一小时。胖子说，那好，反正后来的时间是吃饭时间，可以不用。

姑娘把一个比机顶盒还大的电源放在座位前的小桌上，上面再接上一个跟上网本类似的小电脑。用一个钢丝软锁穿上，最后固定在小桌的下面，这样便不会担心旅客把它带走了。

胖子说，他要看大片。姑娘便帮他开机，选出目录，告诉他如何使用。姑娘递给他一副耳机，胖子说，消毒没？姑娘愣了一下，解释，还是很新的，你看看。

胖子说，不用耳机，就这么看过瘾。他找了一部国产战争片来看，然后又嘀咕，声音不够大啊。姑娘忙说，等会儿我找出声音最大的那台机子，再来跟你换。

一会儿，整节车厢便租出去好几台电脑。斜对座有个小伙子戴着耳机打游戏，一打就打了几个小时。

接着就是例行的推车从车头推向车尾，又反向推回。先是盒饭推车。穿厨师服的女列车员吆喝着："美味又营养，餐车师傅精心制作的盒饭，吃着上档次——"十五块钱一盒。

这种吆喝词我也觉得新鲜。通常，列车上卖盒饭最重要的是得把菜单报出来。这节车厢大都是四川乘客，对口味挑剔得紧，这种只有各种形容词的吆喝是卖不动盒饭的。

车至达州站，停靠时间较长。车站上的人冲了进来，扯着嗓子就是一声："咸烧白、回锅肉！"马上就有人下车去买站上的盒饭了。列车员生气了，立即把上来抢生意的人赶了下去。

卖饮料零食的推车之后，是卖水果的推车。削好的马蹄、甘蔗，草莓、哈密瓜、桂圆等等，都一盒盒包装好，十元钱一盒。车上会卖甘蔗，这种会产生大量垃圾的东西，倒也新鲜。

我开始担心火车上的清洁会难以保证。但还不错，列车员不时拿个小撮箕来整理桌子。我才注意到，桌子上的桌布很干净，洁白如新。比软座上搭的白布整洁多了。桌子收拾得干净，大家才有欲望买东西吃。

我也注意到，这趟列车的广播也安静，播音时间少，主要就预报一下站名和通知餐车用餐。

这种安静很让人愉快，通常坐火车，广播会一直闹个不停，一会是各地介绍，一会儿是广告，甚至播什么散文诗，吵得人头痛。后来我才明白过来，安静是为了便于大家租用电脑。

经过六个多小时，火车到了万州。我们这一节车厢差不多下空了，我走在最后，看到最早来卖充电器的中年男子冲了进来，手上拿了几条皮带，腰上还系了一条同样的。他愣了一下，然后还是对着快空了的车厢吆喝。车厢里最后的两个乘客，笑他说："你才来呵，人都下车了。"

他说："唉，搞不赢嘛！"

山城夜航

2012 年秋，我和西闪陪父母去重庆，准备坐船到巫山。

到巫山现在有更便捷的方式。可以坐火车到万州，再转汽车。如果从重庆乘车，走高速公路，大约七八个小时就到了，但母亲晕车，只能坐船。

其实我也想借此机会好好看一下长江，我跟长江的接触非常有限。

母亲和西闪，都是长江边上长大的人，他们熟悉长江，热爱长江。他们也都曾以长江为主要的绘画题材。同样，他们也都多年未曾坐过江轮，特别是三峡大坝蓄水以后，他们都没好好仔细体会过涨水后的长江。

重庆朝天门码头跟我印象中完全不同，从陕西路往下走，到处都是拆迁工地，碎石残瓦。以前，这里是一个多么气派的地方啊，长江和嘉陵江在此相会，绵延宽阔的长梯，接连的码头，航船往来。

现在售票处躲在一个破旧的房子里，也没有候船的地方。好在顺利买到船票，加上保险，三百多元。晚上六点过便可登船，十点半起航。

我们所乘的船叫“海内观光 3 号”，顶着这个豪华的名字，却是一条破旧的轮船。我们的船舱不大，四人一间，两架高低床相对，靠窗是一小桌，格局有点像火车的软卧车厢。角落里有电视，可歪脖观看。另外还有一小卫生间。

听起来一应俱全，问题就是空间狭小局促。高个子的西闪在船舱里不能完全站直，进入船舱就只能坐在床上。

好在我们本来就不想呆在船舱里，我们一行就是想看长江。于是马上去甲板，看江景。

这艘船跟我们想象中的不一样，两旁没有可站立观景的舷窗，上到四层船尾，才有一个大的甲板，可走可坐，能吹风能赏景。

走到平台上，马上就有工作人员过来，说："这里是音乐茶座，要买票的。"问价，答曰：四十元，从重庆上船到宜昌通用，提供开水和座位，旁边的舱室里还可以看录像。

所谓座位，是几张残破的椅子和塑料凳。但这些不重要，重要的是，不买这票，不能坐这儿，就没法看风景。乘船的乐趣不就是这个吗，这四十元，买的是江风和江景。

等我们坐好，摆上自己带来的各类吃食，泡上茶，便觉得已经在畅游长江。船还没移动，两岸的灯已经亮了起来。重庆本就是山城，落差大，新近更是高楼林立。在这些高楼上，装上了各种彩灯，不仅闪亮，更有各种动画效果。有的如流水瀑布，烟花焰火，有的如天边白帆，沙鸥飞翔。重庆以夜景闻名，因为地势起伏，夜灯会如半天繁星。现在在江船上，仰望各种闪烁灯景，才知道，他们已经更新了夜景。华丽、梦幻。

甲板上很快就站满了人。座椅不够，人们想办法占座抢位。卖票的追着每一位买票、查票。票是一张不干胶贴纸。工作人员要求大家贴在背包上、皮带上，以免互相借用。有的人在拍照，有的人在打牌，有的人在争吵。人们都很兴奋，觉得已经在旅途上。

最好的座位是在灯下的。靠船舱那儿有一两盏灯。在灯下可以打牌，所以几桌人都在抢占有利地形。最宜观景的是栏杆边的，一张小桌两三个凳子放在两边，真有点“茶座”的感觉。

我看见有一位金发的西方姑娘，单身出行，售票员跟她比画了半天，她于是知道，上甲板得花四十元。买票之后，售票员递给她一张塑料凳，她便拎着凳子，在甲板上的人群中走来走去，站到船尾看风景。的确没什么合适的放凳子的地方了，她只好一直拎着凳子。可能她不敢放下凳子，以为这是四十元买票的凭证。

可能全船有一半多的乘客都在甲板上，嗑瓜子、喝酒、打牌、喧闹，就像在等待一出大戏的开场。我也怀着这样的心情，望着四面半空中的彩灯，设想着，当船出发时，看起来会是如何变化。

终于等到起航，船渐渐离开港口。江风逐渐变强，周围安静了，冷意袭来，大多数人早已撑不住，回舱去睡觉了。剩下的人默默望着那些灯光变化，高楼互相遮挡，城市的辉煌渐渐远去。船驶向黑夜。黑色的江面展开，一星一星的航标灯在江上闪烁着，让人期待明早的长江。

最后的客轮

夜里十点半从重庆起航，听了一夜江水拍击船舱的声音，清晨醒来时，看到的是一片开阔的江面。

走上甲板，太阳还未露面，远山上方是缕缕霞光。江面上薄雾迷漫，两岸偶有城市、房屋、桥梁、公路，但永远不变的是绵延的群山。在群山之下，才是人的活动痕迹。

在船的后甲板上，风很大，人在船尾，几乎有站不住的感觉，得用手拉着栏杆才行。

太阳一点点起来了，两岸的风景变得层次清晰。金红的霞光变浅，天空过渡成蓝色，白云显露。晨雾消散，水面波光闪闪。灰茫茫的江水和山，逐渐分开，群山显出青色，看得见一些没有植被的红土。

甲板上已经不大能站人，阳光强烈起来。昨晚买了甲板“音乐茶座”票的人，只有极少的在甲板逗留。大多在旁边那间舱室里。

舱室不大，座椅和桌子数量有限。所以，坐下的人都得抢占更多的位子，替同伴留着。

江上时时有豪华游轮驶过。两船相遇时，船上的人，特别是我们这条船上的人，都热情呼喊，招手示意。

我们这条船实在是太破旧了，跟那些豪华游轮完全不能相比。有如乞丐和王子相遇。

虽然同样是四层，但住在里面，就知道船舱矮小，到甲板上看风景也要另外买票，甲板上的铁皮凹凸不平，不少地方还有积水。

那些叫“东方皇后”、“东方明珠”之类的豪华游轮，远观就知道那才叫硕大稳健，每个舱室都有自己的观景阳台，甚至船体旁还有透明的观景电梯，不停地上上下下。

我们的客轮还在承担交通任务，跟那豪华游轮根本不是一个概念。豪华游轮三峡游下来，船费少则两三千，高则上万。据说，三峡已经被包下，从 2013 年春节起，将停运这种普通客轮。设施旧了，不肯更新，甚至不愿维修。以前我们在万州，曾见江边停了好些破旧的轮船。稍好一点的改造为江上餐馆，破一些的就停在那儿，等它慢慢锈掉。听当地人讲，还在营运的船坏了零件，就到这些停运的船上来取。最初我们觉得这是个笑话，现在看来是真的。

但不管坐的是什么船，风景是一样的。

青山层层推远，与天相接，江山辽阔。最美的是一些河流汇入的地方，看得见窄流峭壁。让我追想蓄水前的三峡。

在长江边长大的西闪和我母亲跟我感受不大相同。他们说，以前的长江不是这样，更美。现在这样的开阔江面，更像出三峡之后的长江。

其实我们这艘船也有旅行团的。一位导游带领着一群来自北方的中老年人。这是一个比豪华游轮便宜很多的团，导游看见其他乘客就发传单，希望再多拉一些客人。

这群跟团游客在乘客中很好辨认。他们随时呈现一种“旅游状”。换上自家带来的丝质睡衣，到甲板上走走，高声说话，在这间“音乐茶座”打牌累了，就要求开大音乐，男男女女翩翩起舞。

中午的时候，船到忠县，停留的时间很长，我们这才知道，这艘“海内观光”是忠县的，是长江三峡唯一一家还在运营的长途客轮公司，两三个月后便会正式停运。到时，从重庆到巫山等线，将没有轮船可坐。

我们上岸，到忠县吃午饭。还在船上便看见许多高楼，整个城市显得现代繁荣。但一步步沿梯而上，发现，那些楼都空着。真正的生活区在高处，还是一个朴素的小城，店面不多，未见大商场，繁华的路段是一个菜市场。县城最好的几幢建筑，分别挂着政府、国税、水电的牌子。正午街上人少，逛街和售货的，基本都是中老年人。像别的小城一样，这是一个年轻人已经离开的地方。

回到船上，等待很久，大约两三点钟，旅行团的人才逛了忠县石宝寨回来。客轮继续起航。

我开始理解这艘船的苦心，能在这里多逗留一些时间，便是给自己家乡多争取了一点客流量，争取了多一点的消费。

坐客轮的人其实不多的。除了旅行团，零散的客人有的是为独自游三峡，少量的是不赶时间，或者乘车不方便的乘客。客轮的好处是可以在很小的地方停靠下客。有的地方甚至连码头都没有。最小的一站就是江边菜地伸出一块木板。一位下船的女乘客，提着行李袋，下到一片菜地中，在田埂沟渠边，腾挪躲闪，走了半天，才看见她踩到了江边石梯，走到真正的岸上。

听说客轮公司最惨的是去年春运。万州港在去年春节前加开了航班，11 艘客船待命，能同时运送 15000 人，以为能够大赚一票。结果，春运高峰，每天平均不足 200 人。

公路网的发展，客运数不足和政府背景的公司包揽，即将让长江的客轮退出历史舞台。我此时不再抱怨这条船的破旧，反而庆幸，如果再晚几个月，连这样的客轮都坐不到了。

我们到达万州港的时候，天色已经擦黑。江边上灯火通明，各种建筑在灯光的勾勒下，美轮美奂。航船夜行，在入睡之前，又路过几个江边小城。灯光效果比重庆、万州更加宏大辉煌。但我知道，它们在白天，就如我见到的忠县，虽然高楼林立，但都是寂寞之城，人气稀薄。夜里呈现出电光的迷幻之美，只是政府努力打造的结果。

我忽然明白，这一座座夜里的美丽幻影，所设定的视角就在江上，是为游轮之上的人设计的。我们这种最后的客轮之上的乘客，只能怀着旁观心态，默默欣赏这消耗了无数电能的华丽美景。

除却巫山云雨

天没亮的时候就到了巫山，下了船，摸黑上了码头。

码头外几辆车等着，想拉客。 黑灯瞎火的状态让人心里没底，不敢恋战，我们和父母一行四人匆匆离开码头，沿着公路往上走。 之前在谷歌地图和百度地图上反复看过，码头离我们要去的宾馆直线距离并不遥远。 几百米吧。

走起来觉得距离不对，越走越遥远。 地图上曾看见是一条直路，走的路却弯弯绕绕，一路上坡，坡道很陡，有的还转着急弯。 黯淡的路灯，照在公路上。 两旁几乎没有人行道，多数是蓝色的挡板，护住一块又一块的工地。

偶尔有摩托车从陡坡上冲下来，轰鸣着，又冲了下去。 我不禁想起前段时间看的一部特别的国产片《人山人海》。 开头讲在山区，一位摩托仔拉客，在山道上被劫了车，人也遇害。 就像这样的坡道。 这熹微的晨光，更让人加快步子。

终于听到沙沙的声音，是早起的清洁工，上前询问。 她说，要去的宾馆已不太远。

等我们安顿好，走出宾馆，天光已经大亮。 出门走了几步，就明白原来我们已经在半山腰。 小城到这里才开始有人气。 从码头上来，我们走的不是地图上看见的那条“神女大道”，地图上显示的直路原来不是一条公路，而是从码头到山顶的一条宽大的“天梯”。

这“天梯”很陡，从江边到我们所处的半山腰，笔直向上，中间少有停歇之处。清晨我们没有看见这里，如果看见，拖着行李，也是没法上来的。

往山上望去，这条名为“神女大道”的路，直通山顶，只有很短一段是公路，上段和下段都是宽大陡峭的梯道。

往上走至市政广场。广场上满是跳舞的中老年妇女，在早上的阳光中，几乎占满了整个广场。这种场景，跟中国大小城市几无两样，洋溢着同样的和谐之感。

我试图找出这个地方的特别之处。广场上有些中老年男子，正在玩陀螺。这是我见过的最大的陀螺，木质的，像一个个小坛子，用一根很长的皮带抽打，发出巨大的“啪——啪——”之声。

广场是城市中心，两旁好些店铺都已经停业。中间摆了一些小摊，横幅上写着：“成都美食流动展”。那些售卖的东西不知是从哪儿运来的，跟成都并无关系。菜市场的蔬菜水果不便宜，这让我比较意外。我知道，巫山是全国贫困县之一。细一想也明白，这里山高路远，几无农田，所有的东西都要从外面运来。

让我感受最深的是街边两个老头。一个在卖叶子烟。这种土制烟卷很久没有看见了。我凑过去，另一位马上把他的篮子也递到我面前。是一篮子穿针器，红红绿绿的塑料制成的小东西。老头望着我说：“一元一个。”

我不敢看他们，我没法带走这些东西，落荒而走。走了半天还在想，穿针器用几年都不会坏，一元一个，不知一天能卖几个？

市政广场一天都是热闹的。“神女大道”上半段的步行梯道从广场旁边直通山顶，与之交叉的一条公路向两边蜿蜒而上，是行车的。左边还有一条不起眼的小路，修得很好，厚实的沥青，汽车开过悄无声息，仿佛高档别墅区的行车小路。我们好奇地走上去，发现原来通往县政府大楼。这栋楼所处位置极佳，紧邻广场，却又不受干扰，闹中取静。

没勇气爬那天梯一般的神女大道，乘公车直接坐到山顶，从山顶往下望，就发现，整座小城就是站立在这半面陡坡上。落差比我熟悉的万州和重庆两座山城还要大很多。我在网上仅查到神女大道下段的数据：576 梯，高差 86.4 米。中段和上段的数据没找到。但仅就这个数据，假设换成 3 米一层的楼房，下半段梯道就差不多有 29 层楼房的高度。也因为这落差太大，梯陡难爬，这座小小山城的人民完全不像万州、重庆的人那么喜欢步行登梯。我发现很少有人去爬“神女大道”，他们喜欢乘公车。

如同所有的江边城市，这里也有一条滨江大道，而且风景极美。这里是大宁河与长江交汇处，码头正对一座大山。从江边能看到对面一条小路直直通向山顶，山顶有一座寺庙。

站在这里，不禁重新认识母亲的画作。母亲小时生活在这里，这里的山水极深地印入了她的审美。这些年她画的主要题材便是长江的山水。我一直惊叹她山水的磅礴大气，这次一路行船过来，我早已明了，这些山水原来并非虚构，是她心中的故乡。有时我觉得她画的山路过于直白，缺少掩映。站在巫山江边，看到对面山上的小路，恍然明白，原来，这里的山路就是这样，直直地通向山顶，绝无曲折绕行。

以往她在巫山看到的山会更加险峻，那时所在的位置比现在低一两百米。她童年的家现在早已淹在水下。整个巫山老城都已淹没于水下。据母亲讲，以前巫山是个很小的城市，只有两三条街，但并不陡峭，只有缓坡。三峡大坝蓄水之后，整个小城只能搬到以前几乎不能居住的山上。巫山历来贫穷，早年曾因地处三峡要道，靠码头有些收入。后来依赖旅游。但现在三峡与旁边的小三峡都属于重庆的一个集团，所得收入已经与巫山无关。巫山除了拨款，已经没有什么经济来源。在小三峡旅游船上听到关于巫山的介绍，称巫山处于“重庆第二大城市万州辐射区”。

但巫山的房价却远出我们的意料，江边的高楼已卖至每平方米五千以上。这个价格都赶上成都郊县房屋的价格了。我不知道它们的主要客户是哪些人。

这样的一个小城，年轻人都尽力向外走，母亲的侄辈以下基本没有留在此地的。

剩下的年轻人在想些什么？在巫山的一周里，我常到网上的“巫山吧”浏览。这应该是本地人最喜欢的一个论坛。在这里，我看到本地人最热衷的话题，除了征友，就是关于巫山的风光。这里似乎培养了无数的摄影爱好者，大约有四分之一的帖子都是在谈巫山的美景，江景、雪景、雨景、夜景……

景色的确美好，空气洁净，也是大城市不能比拟。长江上，高大漂亮的豪华游轮往来穿梭。好些都是从宜昌过来，到大宁河口停靠，然后跟游船进小三峡，几个小时后返航。游客与巫山并无关系。

巫山码头边有好些沿江的店铺，大都空着，没有开门。

滨江大道上有几十座雕塑，大都是古代诗人和他们的作品。细细读来，真让人惊叹。我们所知的那些响亮的名头，李白、杜甫、苏轼、陆游……全部都来过这里，在这里写下过诗篇。

现在这条大道上空空荡荡，只留下他们。

公车迷路记

在去的途中，我还在感慨，东边的路变化不大。成都最近正在大改造，市内的主要道路都在开挖重修，四处难以通行，绿化带也大都毁了。而今天我乘 1 2 路车前往师大，居然一路顺畅，绵绵春雨中，还看见路边绿意盎然。

约半个小时，我乘同路车返回，车上人少，可以专心欣赏路边风景。刚过沙河大桥，就见路边停了一辆公交车，也是 1 2 路，是前一班车。我们这辆车忙停下相问。对方司机苦着脸说："二环路口突然截断，要施工。"

"那就绕嘛！你跟我走！"我们这车的司机很有领袖风范，声音洪亮果断。他又回头对车厢里的乘客说："我们要绕路走，下两站不停，要下车的乘客就在这儿下。"

听了这些，并没有人抱怨，四人走到门边，司机便打开门，让他们下车。刚关上车门，启动两步，刚才下车的两位又追了回来，司机停下让他们上来。他们说："想去前面转车，才想起那些路车也走不了。"司机答应着："就是！就是！"

车沿着沙河旁的一条小路前行。有好些更小的岔路。司机每到一个岔口就慢下来，盯着那些岔口，非常犹豫。前面有辆 104 路车从一条小路相向驶来，司机忙问：“你咋走？”

对方说：“再试一下这条路。”又奔向另一条小路。

司机见状，终于下定决心，不再尝试更小的岔路，专心沿河向前。车上的乘客七嘴八舌地给司机出主意。有位老者十分热心：“旁边有条路，穿过去左拐就可以上到二环。”

看那老者就不像个开车的人，甚至不像个常出门的人，成都的路三天一变，他讲的不知是哪年的皇历。马上有人反对，提供了另外两个版本的方案，听起来都有点南辕北辙。

好在司机已经拿定主意，带着后面那辆 1 2 路，终于上到一条较大的路。只见这条路上正有好些公交车汇聚过来，道路中间夹了一些小车。

这些车都是同一个方向，多半都是绕过来的。它们把整条道路都占满了。

小车被公车夹击，行驶艰难。公车因为体积大，又互相帮衬，倒是顺风顺水。特别是我们这位司机，因为刚才的迟疑，现在提了些速度，开出了乘风破浪的感觉。

司机直插进一个小区，又调头回驶，有乘客说他要去转另一路车，司机便像早年的小巴一样，找了个地方停下来，让他先下，并告诉他该如何走。终于绕到了一个车站了，司机回头对车内说：“莲桂南路到了。要到某某地，转某某车的，都在这儿下。”

我这时才注意到，平时自动播报的声音早就关了。车内洋溢着一种特别的氛围。乘客互相交谈，也和司机搭话，讨论着线路。有位中年女士说：“我每天都要在二环路坐车，现在二环路的车完全不能保证了，我平时是碰到有哪一路就坐哪一路。”其他乘客附和着，有位男士说，他现在都不敢开车出门，发现开车比坐车更靠不住，到处的路都挖坏了，随时会搞个限行。大家一通抱怨，同仇敌忾。

又过了两站。新的乘客陆续上了车，司机打开了电子播报声，那种相融的气氛渐渐消失，公车回到了正常的轨道。

现代乡村之路

不单是我，许多人都对乡村之路充满想象。 想象小路之旁，田野上零星的房屋村舍，田园里有农人劳作，村角有桃花灿烂，夕阳西下时，炊烟袅袅，是唤人回家的信号。

前几天，走了一趟乡村之路，完全是全新的感觉。

从青城山快铁站下来，便有公交车去街子古镇。 二十多分钟，就能到目的地。

这几年，同朋友开车去乡下玩的时候，就发现，公交系统已经延伸至乡间。 常看到城市远郊公路旁，有公交站牌伫立，有的甚至修得像个简单凉亭，古色古香。 猜想在这样的公交站坐车，会不会像宫崎骏的电影《龙猫》，有一点特别惊喜？

因此发愿，什么时候，也去坐坐这种乡间的公交车。

今天坐了这趟公交车，总算了个心愿。

车上人不多，道路不宽，汽车走走停停。 两边的田野不多了，楼盘倒是不少。 很不像想象中的乡村之路。

楼盘好多都是高档别墅，一大片一大片的别墅群，但都荒着，冷寂无人。 有的大门开着，岗亭还有保安，但看得见里面的植物已经开始野长。 更离奇的是，有的楼盘连大门都锁了，铁门锈迹斑斑，物管已经离开很久。

我还看见有一大片别墅楼盘改做了一个学院，门口挂着某某大学分院的牌子。风景优美，但却缺少学校常见的氛围。只是同车有两个女生下车，往那里面走去，才让我注意到这所学校。

我想起一位朋友讲她曾任教的艺术高校，是一所三本院校，也在远郊，校园修得很好，只可惜招了几年生之后，就没学生了，校长花光了钱，便把校园转了出去。接手的办了一所卫校，招到的学生也不多，偌大的校园荒芜了，她回去看到，在她以前的画室里，支了一张张床，一群女孩在那儿学挂吊针。

眼前这所学校，要不是看了它的名字，我几乎以为就是我那位朋友讲到的地方。但冷清是一样的，看不到校舍和教室，只有一幢幢别墅。真不知家长如何放心把孩子扔在这样的地方。

沿路还经过了一两个乡场。两边的房子不再那么整齐豪华，而是农民自己沿着公路修的。两三层，楼上是住宅，楼下是店铺。

这些乡场上，除了一两家修车铺，好些店铺都是餐馆，开门营业的并不多。大都是一袭卷帘门拉下来，楼上的住宅门窗紧闭，显然主人也已离开。我看那些餐馆，店招都还新，取的店名颇用心，忍不住设想，他们当初开业的时候，一定认为，生意是会红火起来的。

等到达街子古镇，一路的印象就更加深刻了。

街子古镇外围，是更多荒废的别墅楼盘，而“古镇”，已经扩到很大，基本是新修建的。只有中心的一两条小巷，还是老街。

新的古镇，游人极少，中间两三条街还有人经营，稍背一点的地段，则全部拉下了卷帘门。就如一路见到的乡场，这些店都有精致的店招，老板当初开店的时候，一定没料到这店最终会经营不下去。

在这个人烟稀少的“古镇”，真正发挥作用的牌子，是挂在各家门上的纸板，上面都潦草地写着：“如厕一元。”

见到此牌，任你再多绮丽幻想，也能明白，这才是现代乡村之路。

在香港，行行复行行

最早计划到香港是坐船去。从广州番禺，坐船，从江入海，航行到香港。想象几十年前的人，偷渡香港，坐在船上，与大陆告别。一边惊心，一边憧憬，一边垂泪。现在坐船仿行，只是为了模拟一下，心事茫茫的感觉。

结果出行之前，仔细一查，发现从广州城里到番禺的码头，行程十分啰嗦。码头是有两个，都在城市远郊。船的班次也不多，如果从城里几番周折转车，到了码头，发现船已经走了，岂不是十分扫兴。

开始羡慕住在番禺的好友。他们去香港，都是坐船去。坐船出海，去逛香港，甚至可以当天返回。想起来都觉得拉风。不知拉风的原意是不是就指这个啊？

纠结半天，决定还是按传统方式出行。直达火车，一票难求，汽车却很多。我家不远就有一个汽车总站，那儿就有到香港的长途车。长途车显得很没品，但网上说，这其实是最便捷的方式，过关也快。

没能坐船到香港，但我们却可以在香港坐渡轮。渡船渡轮，一直是我喜欢的交通工具。每到一地，如果有渡船，我都争取要去坐坐。在码头，跟当地人一起，等船。这天星小轮，在好多港片里都见过，坐上才能感到一些特别的细节，比如它的座椅，微微下陷，就像是被时光磨损的，正好用于怀旧。 仔细一看，才发现它有个特别的机关，它的靠背是活动的，座凳上有个空槽，椅背一推，就换了一个方向。 之所以这样，是因为它的船到了码头是不调头的，船尾变成船头，直接返航。 推动椅背，就可以一直朝着前行的方向坐，人就要舒服很多。

在船上，西门家的人，跟我聊起《旺角卡门》，他觉得那部电影里，来来回回地展现这渡轮，这渡轮最能体现香港的感觉。 水光相映，行色匆匆、脚步杂沓的人群。

要去太平山顶看夜景，就打算像一个标准的游客一样，去坐坐缆车。 我一直对缆车有所畏惧，但其实坐过不少种类。 我觉得最可怕的是那种像椅子一样吊在空中的，什么依凭也没有。 坐的时候，椅子滑过来，人得快速准确地坐上去，一会就吊在半空了。 但太平山的缆车不是这种，是有车厢的。 这让我十分踏实。 重庆山城的缆车我都坐过，就像《疯狂的石头》里，那种吊在半空中的玻璃车厢，我都觉得不害怕，何况是这种依山向上的呢。

坐缆车的人实在太多了，排了许久的队，一列车一列车地等。 终于上了车。 车厢很漂亮，铁皮和木头结合的复古样式，惹得游客们纷纷拍照。 当车开始快速上行，我却有种奇怪的感受。 好像身体被拖着往上走，而头却跟不上似的，头非常沉重地往后仰，脖子就快折断了。我不得不用双手护住颈部，抵抗着这股力量。 下了车，就觉得头隐隐地痛起来，就像当年被游乐园折腾过的感觉。 我听到身后也有人在说，好像过山车啊。

想起《麦兜的故事》里，麦太骗麦兜这小猪娃，坐这通往太平山顶的缆车是坐飞机，原来真有飞机起飞的感觉啊。

在灯光昏黄的小路上漫步，吹着风，看看山下夜景，这才缓过来。像本地人一样，坐大巴下山，终于从容可以欣赏窗外风景了。

在香港，坐得最多的，还是他们方便的地铁。香港的地铁干净明亮，如果和北京的一些线路比，正好形成两极的对照。前一阵，我跟朋友描述北京的地铁，我用了丰富一词，有一种城乡结合部式的混乱，比如 2 号线的北京站，如果只是偶尔来看看，完全可以进行独特审美。作为日常生活，我当然喜欢香港地铁，而且，我喜欢在地铁里看到的香港人。

我喜欢这里的白领，晚上加班后回家，看起来仍是整齐的，站和坐都保持着仪态。下班的女孩化了浅妆，两腮淡淡地扫了红，双眼有神，看起来精致礼貌。接听手机的时候，双目下视，轻轻地说话，尽量不打扰旁人，斯文地笑着，不时地点头，让我想象她在工作时就是这样的表情。也喜欢看见老太太上街买东西，也化淡妆，穿得好看得体，旗袍配着小开衫，就像从《花样年华》的时代，一直这么文雅地过来。

香港地形丰富，所以，交通工具也花色繁多，最符合我这水瓶座性格。

跟当地朋友见面，朋友说到旺角东火车站碰头。我理解就是地铁站嘛，我冒冒失失地没在入口处等，直接下到了月台上，发现，这真是火车站。月台很长，很多节车厢，要找个人真是困难。边打电话，边描述周围的标志，才能互相找到。

车厢虽然宽度跟地铁差不多，但没有地铁那么安静平稳，而是有着火车铁轨带来的节奏。火车一会儿就从地下，驶进明亮的阳光里。我发现我们行进在一片绿色中，周围不再是市中心林立的楼房。两旁植物蔓生，就像是随便长出的杂树，火车与它们近身擦过。

当我们从大学站下车，下几步台阶，就置身一个小广场。广场上有一个举着火炬的女神塑像。在她的脚下，一大群年轻学生正在集会。

再回看刚刚出的站口，恍惚间，觉得像是从一个时光机器出来。

长途搬家指南之一

其实我以前是很有搬家经验的。单身的时候常搬。在一个城市里搬来搬去，可能因为房租的原因，可能因为换了单位的原因。也在城市间搬来搬去。90 年代中第一次搬去北京，用的是超大皮箱，坐飞机的时候才知道超重了太多。还记得加了一百多元的运货费，把年轻的我肉痛坏了。

几年后，从北京搬回成都，两个朋友帮我把十个大小不等的纸箱送到火车站，货运。价格不贵，但稍不留神，他们就要弄错单子。从成都火车站取回，排长队，找行李，经过一番乱糟糟后，又请朋友帮我扛回家。

再之后的几次长途搬家，似乎都简单了许多。运输业比以前发达了，不用再劳朋友大驾。

这次要从成都搬去广州，我第一个念头就是找搬家公司就行了。我要把我的生活搬到广州去。如果房子是能移动的，我就要把房子都搬过去。

打电话给最有名的搬家公司，对方很热情，说："好啊，什么东西都可以搬。你定下时间，我们先派一个经理来看看，帮你规划一下。"

这真是太好了，服务这么细致周到。我心里马上开始盘算我要把我的大屏幕等离子电视搬过去，读书专用沙发搬过去……

对方又补充了一句："呃，我们起价是两万以上。"

一语惊醒梦中人啊。这个价格我可以重新买电视和沙发了。

我想想也明白，这种搬法是单独一辆货车，从成都开到广州，一路的油钱不说，一路的关卡钱就不知有多高。说得上是过关斩将啊。

我打了退堂鼓，想着，家具不搬了，电器不搬了，只带些书和衣物吧，快递好了。反正现在寄东西都常用快递，比邮局要便宜方便。

又在论坛上咨询。有经验的人说：不要找搬家公司，快递也贵，找物流最好。现在物流业很发达，最便宜的方法是你找个搬家公司搬到物流仓库，到了广州，再从物流仓库提货，找搬家公司搬到新家。

听起来似乎容易，但步骤麻烦。我问有没有可以推荐的物流公司，网上说，物流公司都不出名，多打几个电话问问，比比价格就好。

在网上查到一个"某某快运"，不是走公路，而是传统的火车运输。这让我想起早年的搬家经验了。汽车过路费那么高，火车也许是个好选择。而且在想象中，火车多么平稳。

他们有个专门的网页，一栏栏的价目很清晰。长途搬运有一类叫站到站，有一类叫门对门。

门对门听着太亲切了。马上打电话去咨询，我家附近就有一个服务点。对方说，他们可以上门取件，每公斤五元五，每件再加上三元的填单费。

挂了电话，我再一琢磨，这就是快递的收费嘛。又仔细到他们的官网上查看。站对站好像很便宜哎，我两头找搬家公司帮忙好了。

又打给他们全国统一的客服。客服小姐很亲切，说，今天晚了，明天上门取件吧。我说，不对不对，我不是寄小件，我是搬家。她很惊讶，“我们只取小件啊，五块五的。”

“你们不是有站对站吗？”

“没有啊。 也没有大宗的物流。”“你们网上写明了啊。”她顿了顿，“你要不打另一个电话吧。 那不是我们公司，是有关联的。”

我听从了她的建议，准备找另一家公司。

长途搬家指南之二

被火车快运拒绝，便根据热线的建议打了另一个电话。一拨通，才发现居然是火车订票热线。接电话的是位姑娘，很热情，说没听过长途搬家这个服务，也没有听过大宗货运。让我打快运公司那个电话。我说是他们让我找你们的。她便说，那等等，我去打听。只听得她在电话那头跑来跑去，半天才回来说："大宗的货物有一种走公路的。呃，但时间就说不准了。可能半月一月吧，要装满一车才发。"

怀着疑惑挂了电话，又到网上查询。看到新闻说，火车快运是铁路部门才开设的新公司。我这才明白，难怪接线小姐都不知道所有的业务，这样更不敢找他们了。真要是集齐一箱才走，还不知什么时候集得满呢。

向一位做贸易的朋友抱怨此事，他说："这简单啊，我帮你联系。"

很快他就帮我问好了价格，估计整个家搬下来一千多元就行了。他说，这是他常用的仓贮公司推荐的物流。

接下来就是装箱了。我到淘宝上买了纸箱和编织袋。

又一次发现淘宝的厉害。什么都有。有专门用来搬家的纸箱。对于现代搬家我还是太不熟练，第一次买的三号纸箱小了。拿到手一看，一个小纸箱，好多大开本的书都没法装。退掉重买。买了一号和特大号。

然后就出现了一个问题。如果一号纸箱装满书，那就没人能搬得动了。以前搬家就知道，搬家公司最不喜欢碰到搬书了。谚语说：秀才搬家，尽是书。

又有朋友威胁我，他以前长途搬家回成都，箱子破了，一箱书剩下了半箱，另外散出来的书，运输公司拢到一起，堆在路边，结果过路的人都随手拣一本。他去的时候，看见搬运工拿着他的书，人手一册。

这个说法吓到我了。

于是再度精减要带的书籍。西门家的人挑选了藏书的五分之一，我选的更少，可能只有十分之一。

把一个十年的家装进箱子里，难度十分大。面对每一样东西，我都要想想，这个东西以后还用得着吗？也正因为这一查看，才发现，我们的东西实在太多了。

好些不喜欢了又没坏掉的衣服，放在柜子里，不舍得扔掉，总觉得以后可以在家里穿穿。其实每年都没穿过。偶尔有一件翻出来穿穿，也只是想安慰内疚的心。

也有些很好的厚实冬衣冬被，我们搬过去就不需要了。我们要搬到热带去啊。把它们一样样送给了收荒匠。

好些奇奇怪怪的东西，比如，多买的水阀、新衣搭送的纽扣、安装家具的工具、朋友旅行带回来的纪念品、半卷纱窗布、半桶乳胶漆、一瓶衣服染色剂、好些疯狂买回的花布、多余的窗帘挂钩，它们在这次大检阅里一一跳入眼帘。我早就忘记它们了。以前留下它们的时候，就想，以后会用到吧。

我把书装在每个箱子的底部，只装到四分之一、三分之一的样子，上面再装上各种细软，衣物棉被等等。 也装了几件小电器，比如搅拌器、面包机等等。 装好就用封口胶结结实实地缠绕起来，一边缠绕一边想起电影里绑匪捆住人质。

长途搬家指南之三

发现东西庞杂会让人沮丧。我跟一位画家女友聊起这事，她也很有感触。她说，“5·12”地震之后，她就在想，要是她的房子垮了，这一屋的东西，还不都直接变成垃圾。她说，之后，她就尽量克制买东西。

物质真是有困住人的感觉。我们十年的家就有这么多的杂物，还不知那些从来不搬的家，有多少无用的东西呢。想想它们填充在各个贮藏室、收纳柜，最后房间全被它们占住。人只活动在极小的空间。这么想着，就能下决心扔掉多余的物品。

我心里给要搬走的东西排着序。好搬的，不易损坏的，搬到新家放得下的，马上用得着的，当初不容易得到的。

每次装好二分之一的书，找出要带走，同时又充当泡沫软垫的衣物，就开始琢磨这箱还装什么东西。要把易碎的小件用衣服层层裹好。

这个过程很漫长，差不多有两个星期。于是西门家的人发现，要用到的东西昨天还在，今天就不见了。他跑来问我：“汤勺到哪儿去了？”“嘿嘿，打包了，你记得以前这个瓷汤勺找了好久我们才买到。我拿了个替代品出来，不锈钢的，先用着吧。”

这样的对话，在打包过程中，时时进行。

每个箱子里装的东西这么复杂不同，于是，我又得做细致的登记。比如 9 号箱子我是这么记录的：“闪之藏书、媚的鞋、水彩颜料、迷你音响、小茶杯。”2 号箱子写的是：“自家书、媚藏书、厚裙、披肩、熨斗。”

这些字样写在箱子角上，也写在我的笔记本里。

在箱子上写下要搬去的地址，写了一遍又一遍，直到新地址烂熟于胸。 共写了三十遍。 呃，一共是三十个箱子。

打电话通知物流公司。 物流公司只能到楼下取件。 又到小区外去找了两个工人来扛箱子。 两百元扛下去。

天下雨了，箱子堆在雨地里。 什么都考虑到了，就是没考虑到雨天。 买来没用上的编织袋这下终于有用了，盖在箱子上面。 还是遮不大严。 眼见个别箱子的纸板变了颜色，上面写的字迹也有点化开。 我开始后悔，装箱子的时候，很多事情都想到了，就是没想到防潮呢。

西门家的人和搬箱子的工人都来安慰我：“纸箱没那么容易湿透的，没事没事。”

物流的小货车终于来了，司机拍着胸脯让我放心。 他把车上一个大雨布展示给我看，说：“这是我吃饭的家伙，再大的雨都没得事。”他说他的小货车拉回公司，再换上大车，四五天就到了。 价钱很便宜，四十元一箱，一千二就够了。 而且是到付，送到新家才付款。

堆在客厅中间的三十个箱子搬完，心情也随之一松。 当晚听着音乐，忽然大发感慨，跑到网上说：“今天完成大件事，晚上听衣湿乐队的歌，心情一下极好。 五年以来的抑郁之情一扫而空。 哎呀，这几年，错过了好多好玩的事啊。”

网上的朋友不明就里，纷纷相问。 他们不知道，最重大的事情，便是长途搬家，我要从成都搬去广州。 把一个十来年的家，搬走，在千里开外的地方，重建一个新家。

我专门查了查百度地图，这两地，若用高速公路计算里程，相距1786.9 公里。

长途搬家指南之四

大批量的东西运走后，又冒出好多小零碎。忽然觉得，呀，这本书应该带上的嘛，这双鞋扔了太可惜，睡袋也许以后还用得着呢。又收拾了一只小纸箱，叫了普通的快递公司来。快递公司的小伙子，随便一拎，说八十元。箱子小了一半，价格却是物流公司的一倍。

寄走了这只附加的小纸箱，便自我叮嘱，打住打住。知道一旦觉得不舍，便会觉得样样东西有用。

我开始担心雨天，担心刮风，开始关心广州的天气，说是台风马上要登陆。掐指一算，如果箱子四五天才到，应该是台风刚刚走吧?

天公作美，三天之后我们到达广州，正值阳光灿烂，蓝天白云。

站在炫目的光线中，我呆了良久。这里的天空跟成都的天空真不一样。空气干净透明，阳光炙热，植物高大。连白云的样子都不一样。成都这两年太多灰霾，天空低沉，偶尔天气好的话，白云会是一小片一小片的，像薄薄的棉絮。而这里的白云，一坨坨的，厚厚实实，像我以往在飞机上看到的云朵，很有体积感。高空有风刮过，云在天空中快速飞翔。看着这一切，由衷为搬来这个地方感到庆幸。当然，来接我们的朋友提醒我们，这样美的天气，在广州也并不多，老天为了迎接我们，特意洗干净了天空。

我们随身带了小被子和床单，这样，便只在朋友家住了一晚，就入住新家。

第二天那三十一个箱子便到达了。物流公司的小伙子送到楼下，按单子收了 1600 元，并未加价。我也怀着新人的欣喜感叹，这要是在我们成都，送到了一定会再多收一点费用啊。

就如从成都搬走时一样，这三十多个箱子堆在客厅，好大一堆。

所幸我给箱子编了号，又做了详细的记录，知道每一个箱子里有些什么东西。

于是，嗯，马上要用到灭蚊药片，一查，在第 28 号箱子里。拖鞋在第 12 号箱子里。

箱子不能全部打开，因为新家的柜子明显不够。只能把要用到的取出来。

在成都打包的时候，要用的东西一件件变少。现在正好反过来，东西一件件地变出来，就像一场魔术。生活从做减法，变成了做加法，时时都有惊喜。

在一个单调的房间里，变出一个富有生活气息的小地毯。西门家的人惊叹一下。再变出一张熟悉的桌布，他又感动一下。把我们的画作挂到空空的墙上，他不知该说什么了。

等我变出一只汤勺，忍不住自我表扬："你老婆很能干吧？"

变出汤勺和碗筷的时候，我们已经在外面吃过两餐饭了。这个小区什么都好，漂亮，安静，植物浓密。可就是餐馆太差。吃一顿没滋味的汤河粉，又吃了一顿又咸又辣的湖南菜。忍无可忍，在小店买回小菜鲜鱼豆腐。厨房里只有蒸锅可用。于是，蒸饭，煮菜。

想起以前曾讥笑过小资店专为小资们准备的特色菜"白水煮一

切”，我们现在也做上了这个高档菜式。用清水把东西煮熟，就着生抽，就可以吃了。

在自己家里吃上第一顿饭，新生活正式开始了，长途搬家就算得上圆满完成。

怪癖在路上

曾经有个问答接力，要你数出你的五个怪癖。由于怪异好玩，我便贴到网上，与朋友们互动问答。当我看到每个人的答案，惊讶地发现，好多女友的怪癖都与旅途相关。

我有两条是这样的：一、我在公车上，特别喜欢听邻座的人讲话。坐公车也就不再无聊了。人们在公车上，好像特别爱跟同行的人聊私房话。比如相亲的事等等。听别人聊天，猜别人的身份及故事，很好玩。二、坐在长途车上。我经常会对远处机耕道啊，乡间公路啊，小镇上的人生出由衷的羡慕。我好想知道他们在做什么，在想什么。我对别人的生活想入非非。我当时恨不能是他们。

这两条怪癖，如果自我美化，就是写小说的潜质嘛。观察生活，想象他人。

接下来蛇妹儿自报的怪癖有三条与旅途相关。她的第一条与我的第一条有异曲同工之妙。她在公车不是听别人讲话，而是喜欢直接胡乱猜测别人的关系，给他们编排故事，并预测他们的关系能维持多久。

第二条，喜欢旅行中找住找吃的感觉。自己找公车，自己找旅舍，哪怕是猪圈边都不介意。

最牛的是第三条，她到了陌生的地方，喜欢和陌生帅哥搭讪，有可能就要求和对方合影，对方若无反应也毫不介意。如果对方表露好感，可能倒会吓退她。

这条让一堆女友表示心折。主动搭讪帅哥，听起来都觉得刺激啊。

酷爱旅行的钟钟贡献了一条与旅途相关的：她最喜欢在暮色或夜色中坐汽车，去陌生目的地，思绪飘浮。她叹道：这感觉“好流浪好飘呵”。

这也引发我的感受，可能与之相反，我喜欢黄昏的时候，坐长途车回家的感觉。看天色慢慢暗下来，大地沉静，灯一盏盏亮起来，思维像封存在一个特别的时空胶囊里。有一点像在音乐会听交响乐的感觉。

城南女巫说出一条与旅途相关的怪癖：喜欢与出租车司机聊天。“我也是啊！”我马上应道。我打的喜欢坐在前面，司机也喜欢跟我聊。什么都聊。有女司机跟我讨论过她应不应该去相亲。男司机跟我倾诉被婚介所骗了钱。什么离婚的苦恼，儿子考上大学的欣喜，老婆娘家人的麻烦，等等。我一直以为是出租车司机觉得我像树洞，可以放心倾诉，我也觉得听这些别人的人生挺有趣。原来这样的爱好者还不算少。

我的另一女友神经质猴子后来还写过一系列的微专栏，就专写跟出租车司机聊天。

每条关于旅途的怪癖一放出来，立即得到更多的呼应。好些朋友都跳出来，说，咦，这条我也有，这条我也是。

当许多人都是如此的时候，这些“怪癖”还是怪癖吗？也许不能称为怪癖，或者称为“症候群”更准确。在路上，可以放下很多日常生活的规范，小小的出格或出神。出格地做一些平时难为之事，出神地幻想出一个平行空间。在路上，本身就是我们另一段人生。

乘火车离开成都

一直有乘火车旅行的愿望。

成都地处偏远，又被群山环抱，所以乘火车出行，总是又慢又长。累到人支撑不了，完全不能体会乘火车的乐趣了。

早在十八岁，独自坐长途火车去广东，虽是旅行，但人多，时间又过长，三夜两天，玩也像逃难一般。

后来，成年以后，有过几次从北京坐火车回成都的经历，但也是时间过长，大约要两天两夜，完全不是旅行，只觉得坐火车是件苦差。

后来是能坐飞机就不坐火车，不得已要坐火车，也是只坐软卧，人开始追求一种快速生活。

有一年去杭州开会，发现，其他与会者差不多都是坐火车来的，他们从北京，从南京，从山东，从广州而来，他们坐个半天一天，就到了。轻轻松松的。

开始羡慕他们，觉得，如果我住在那些地方，我也可以坐火车去好多地方啊。

飞机作为旅行的工具，只有快速这一个优点，但人忽然就置身另一个地方，另一个季节，那里，跟你的出发点，似乎毫无关系。这种方式，更似工作，而不像玩耍。

这次打算去桂林的时候，在网上查了查，忽然发现，现在火车的速度，跟我印象中大不一样了。从成都到桂林，只需要二十五个小时，其间，还要穿过重庆、湖南、贵州，到达广西。

而在我的印象中，这样翻山越岭的，至少得花上两天以上的时间吧。

现在只要二十五个小时，差不多就是一天。今天坐上火车，明天就到了。这样的一个速度，对于一个四川人来说，真是天大的喜讯。

所以，当然要选择坐火车出行，用火车的方式去接近目标。

晚上七点过上了火车，安顿下来，火车出发，外面的天差不多黑了。看不了外面的风光，看看车内的人，也是有趣的事。

早晨六点之前，车已过了酉阳，六点半左右，车过秀山。

天色微明，人早已睡不着了。从中铺上支起身体，往窗外看去。

只见窗外疾速掠过的是越来越漂亮的风景。山更绿了，水更清了。过了怀化，窗外风景更是秀美。

这边的农家房子，跟川西差别很大。大多是两层，上面一层不高，但屋角外扬，整个房子看起来，有一种高挑欲飞之感。十几户人家集中一地，外面就是一大片田地。越往广西方向走，房子越是高挑。相比之下，川西的农家房子太低矮了，整个房子的形状是趴着的，而这边站着，站着站着，就要飞起来了。

我猜，可能跟这边夏天热有关，要讲究通风。川西强调的是冬天保暖吧。

火车再向南开，阳光下，四野皆绿，偶有一间小红房立在田间。那小红房也朴实得很，往往只是一间守田人的小砖棚。但就这点红，就使一切都变得动人非常。

窗外的美景绵延，随着纬度的变化，一直在变化着，阳光、植被、民居、河流、土壤的颜色……都在变化。坐在火车上，就能非常真切地感受到这些，知道你身处的空间是如何转化的，知道大地是怎么连成一片的。

只有在火车上，乘火车离开成都，才能深切地感受到。

春运下万州

大年初一，从成都坐火车回万州。

本以为初一坐火车的人少，所以，买的硬座票。

上了火车，发现火车全部满座。我们设想的列车上全是空座，可以躺，可以走动，结果是完全错误的。

跟我们相对而坐的是一家四口。三四十岁的夫妇，带一个十二岁的女儿，还有六十多岁的母亲。夫妇俩说着一口东北话，偶尔，妻子和母亲说几句四川话。而老人家是一口标准的川东话。女儿说着有东北味的普通话，长得像一个北方孩子。

听他们交谈，应该是一家人回老家，而老家在达州。

从他们的口音估计，他们应该是在一个什么大厂里，而且，已经离川多年。男人已经完全没了乡音。

女儿一直在读杨红缨的小说《非常老师》。男人看着窗外，不住地叫女儿："姑娘，看看外面，我们老家就是这样的，有山有水，多好看！""你看，外面多绿啊，那些菜。不像我们那儿，到处都是黄的。""姑娘，你这回看了多少东西，写日记就好写了吧！"

这家人有几个亲戚，在邻近的车厢。不一会儿，那个被男人叫做三爸的老头就摸了过来。一会儿，带一袋米花糖来，一会儿带几个苹果来，再送水果刀来，一会儿又拿桂圆来……一会儿举着手机过来给小女孩照相。小女孩还埋头在书上，大人叫她，她便很乖巧地抬起头，冲着三爷爷的手机笑，比一个“V”字。老头高兴得不得了，说要存起来，又说乖，把手机给几人传看。

老头回去一会儿，大约想起一点事，又过来，对男人说：“你还记得不，你小时候某某学校不收你，你还到了三爸这儿……”

女人笑起来，推着男人的胳膊，对三爸笑：“我不晓得，他太调皮了哇？”

老太婆也笑，对儿子说：“你可能不记得这个了。”

男人点头，说：“我记得到。”

老头很高兴，说：“你记得到啊。你那时候读书不好。”老头又讨好地对小女孩说：“你爸爸在你这么大的时候，成绩不好。你会不会成绩也不好？”

小女孩还在看书，并没接话。

男人和女人都不大高兴。男人说：“我姑娘年年三好学生，成绩可好了。”

一会儿，男人接到电话，对方在问他到哪儿了，他说：“土溪。”他对这些地名完全不懂，学着他母亲的发音，重复了几遍，以便对方能明白。对方已经到了达州车站，在等他们。他便说了，三爸他们也在同一趟车上。

挂了电话，女人有些微的责备，似乎觉得对方也不想接三爸一起。男人便跟女人解释，三爸和他们各走各的。

一会儿，那个叫三爸的老头又摸了过来，问接的那谁到没。男人便说，已经通过电话了。三爸急切地问：“他知道我在车上吗？”

男人点头，说：“我说了的。”

一路上，男人四处打电话拜年。女人几次抱怨，说：“这都是长途，四毛钱一分钟啊。”

男人好脾气地跟她解释，说：“过年嘛。”

男人于是在电话里，几次也对对方解释：“我在车上，效果不好，我听不清你的声音，挂了啊……”

有一个打过来的电话，男人说了几句，也跟对方这么说。

女人又抱怨，男人说：“这是他打过来的，新疆打过来的，我不可能不接啊。”

女人说：“接也是四毛钱一分钟，也算是长途。”

两人虽说着这些话，但看得出夫妻感情不错。两人把女儿换到窗口坐，想让她看书的光线好一些。女人说：“你看这么久，眼睛累不累啊？”

女儿说：“不累！我看一天都不累。不像你。”

男人对妻子说：“年轻不一样啊。”

女人不停地张罗着一家人吃东西。找出塑料袋装垃圾，也让邻座一起往袋里扔垃圾。又拿出一个碗装方便面，泡了面，放进火腿肠、卤牛肉。女儿吃了一些，不想再吃，男人说：“姑娘，这是车上最后一顿哦，晚饭要等到六七点才吃得到了。”

女人又接着吃剩下的，边吃边赞，自己的这碗方便面内容好丰富。

吃完面，面碗不扔，留着。后来，给老人泡袋装方便粉丝，也用的这个碗。

之前，老人说过要吃蛋糕，后来吃了一半，说不想吃了，就直接扔在了垃圾袋里。

女儿坐着看书，累了，男人便站起来，让女儿能够半躺，自己便四处去逛。也许逛到了三爸那里吧。

老太婆边听着火车广播的歌曲，一边小声唱着，她居然能唱张惠妹。

然后她又跟孙女说，见了谁要怎么说。小女孩便听她讲，听着听着，笑起来，又认真地学。

原来，等会儿见着人，要叫大爷，要说“大爷新年好”！

火车座位逼仄，小女孩拍掉手上的果渣，或是人在座位上翻来翻去，都被父母制止，让她不要影响别人。小女孩便又乖乖地，继续读她的书。

男人跟我们聊了几句，问我们是否也到达州。我们说万州。他便不明白，万州在哪里，说他有个同事，在万源。我们便解释，万源不是万州。他继续想攀谈，说：“成都好买票，不像我们那儿，不好买。在北京西，一人只能买三张票。”

他反复强调了几次北京西。弄得我反而不好意思问。因为我听他的口音，明明是一口东北话。后来，他们下车后，我才看到垃圾袋上，写着通州某某镇。那的确是北京。

我们座位右侧，是两个相向的位子，能坐四人。

斜对是两个小情侣，他们对面是年轻夫妇带一个两岁左右的女儿。

年轻妻子长得很像容祖儿，脸上肿泡泡的，都是肉。眉眼不开，挤在一起。一直望着窗外，不想搭理老公和女儿。老公高大，长得还帅，面目清晰，左衣袖袖口还露出胳膊上的一点刺青，是个什么字。手指粗壮，看得出平时干的活是要使手劲的。女儿长得跟母亲极像，也是肿泡泡的脸。

年轻的丈夫很疲倦，抱着女儿打瞌睡，女儿一会儿闹起来，喊一声“打”，然后，就左右开弓，用两只手朝父亲的面颊扇去。父亲也不生气。

年轻的男人去上厕所，或去车厢连接处抽烟，女儿就坐在父亲的位子上。妻子也不抱。女儿反而不闹了。

这女人跟对面的小情侣聊天，我听到一句："我们那儿什么都没有，只有白菜。"

她跷着二郎腿，向对面的女孩说："对不起，又踢到你了。刚才对面那个抱娃娃的女的，也踢了我好多脚。"

对面的女孩只好笑笑。

小情侣吃东西，吃苹果，也分给对面这对夫妇的小女儿。后来，吃瓜子，也分给她，这女人也不拒绝，任由小女儿去咬那些瓜子。把小桌上搞了一摊的口水。

到达州之前，这四人都下了车。

我们对面看书的小女孩，便拿了书坐到那空出来的位子。

车站上来一些人。有一些人走过去，没有停下来，因为旁边那座位桌子上有一点脏了。跟着上来两个抱婴儿的女人，我们对面的说东北话的男人便急忙叫住他女儿，说："姑娘，过来坐，让人家抱孩子的。"

抱孩子的人坐下了。是一对年轻夫妇和一个年轻的母亲。

抱孩子的父亲向他妻子介绍对面的单身出门的母亲，说，她就是某某某的妹妹嘛。

这个年轻的父亲，浓眉圆眼，嘴上一层软须。脸膛红红的，一直在笑。让人觉得他似乎随时笑出酒涡来。

他的婴儿才几个月大，却出奇的肥胖。脸上两块肉撑不住了似的，直往下掉，很红，显得比一般的婴儿的头大很多，几乎像个成人的脸的体积。

妻子第一眼我还觉得比较文静，谁知，她一坐下来，就撅起嘴，用舌头从牙里剔出一个东西，直直地朝着对面吐了过来。

满脸是笑的丈夫，把婴儿交给妻子，拿出甘蔗，开始大口地啃食，一边把甘蔗渣吐在桌上。一会儿停住了，用手去剔牙，扯出一根长长的甘蔗筋，扔在桌上，又继续吃甘蔗。妻子也开始啃甘蔗，一边呸呸地，把甘蔗渣吐了一地。

那个单身出门的年轻母亲，解开婴儿的纸尿布，把女儿冲着我们这边，开始给女儿把尿。

对面两夫妻，一直高高兴兴，嚼着甘蔗，时不时地跟这年轻母亲聊天。他们去烧了香，正在回家。

这母亲答应着，一会儿给女儿把一次尿。

滴滴答答地，走廊中间形成了一小摊。

推着售货车的列车员、去泡方便面的旅客、玩闹的小孩……在这走廊穿梭着。中间的走道，被踩得又湿又黑。

兴高采烈的夫妻俩在达州下了车，年轻的母亲另换了个座位，一直到梁平之前的那一站才下。

下车之前，她站在走廊中间，等待车进站。女儿用毛巾被和背带挂在胸前，肩上还挎了一个很大的包。她一边听着广播里的歌，一边小声地唱着，高高兴兴的，一会儿还对女儿说道："公公来接了。"

她的面孔是一个完全没长开的样子，脸上肉嘟嘟的，眉目还没开始舒展，身体也是个少女的身体，还有些婴儿肥，看上去绝对不到二十岁。

这一路，我们看见了很多年轻的夫妇带着婴儿，但这是最小的一位。如果不是带着婴儿，我会以为她只有十五六岁。

从达州上车的人较多。人们从我们旁边的位子走过，都没有停留。

因为那一边桌上吐满了甘蔗渣、瓜子壳，地上的甘蔗渣被踩得很粘脚。实在太脏了。

最后有一组人停了下来。

一个年轻男子，带着他的妻子和母亲，一个女儿，一个背上的婴儿，在我们对面和旁边占了下来。三个成人都扛着大小不等的包。老太太除了包，还像扛枪似的，扛了一把尖尖的长雨伞。她转身的时候，雨伞的尖也像枪头似的，扫荡着周围的空气。

年轻夫妇带着两个孩子坐下，老太婆又去别的地方坐。

他们的女儿大约四五岁，坐在我们对面，外衣敞开着，里面只有一件很单薄的衣服。戴了一个布帽，布帽后面是一簇弯弯的假发。这是前几年就在城里流行过的小孩的帽子。小女孩长得很漂亮，饱满的椭圆脸，弯眉大眼，很重的双眼皮，浓密的睫毛。跟父母长得完全不像。母亲比较丑，是个瘦巴巴的小脸，淡眉小眼，单眼皮。父亲方脸，但从腮边颧骨横出几块骨头，虽有一点双眼皮，但也是眉目浅淡。小女孩跟父母唯一像的地方，是耳后有一小块胶布。她母亲耳后也这么各贴着一小块，不知是什么功用。

小女孩坐下来，就脱下旅游鞋。她光着一双脚，脚上没有袜子。她用手去抠脚上的黑泥，脚心还沾着一些瓜子壳之类的脏物。浓重的臭味传了过来。

她父亲去放行李。脱了鞋，站在椅子上。我看见他的袜子是不同的颜色。一只是深蓝色，一只是咖啡色。

她母亲让小女孩去旁边的位子坐。因为这边大一些，她母亲要让弟弟睡。

女人从背上解下儿子，放在三人座的长椅上。男人又过来，要带儿子睡。女人坐到女儿那边，一边不停地叮嘱，头不要顶到了，不要滚到地上了……男人有些不屑，说：“咋个会滚下去嘛，这个是火车，你以为是啥子，你以为开火车的没得技术啊。”

男人还是仔细地拿了毛巾被和背单，把婴儿围好。

男人又拿了火车票出来，跟女人说话，我听到“卧铺”两个字。我看见他手里是两张火车票，写着达州到广州。看不清那是不是两张卧铺票。

男人穿着一件灰色条纹的西装，软塌塌地挂在身上。他人瘦瘦的，个子不高，不黑，不强壮，猜得出他是那种在流水线上打工的人。

女人在那边，带着女儿，把桌上的甘蔗渣、瓜子壳、空瓶子，全部推到地上。桌面就算打扫干净了。

一会儿，儿子醒了。男人扭头问女人，“奶瓶在哪儿，他醒了，我给他喝点水。”

婴儿喝着水，一点儿不哭闹。

旁边另一排位子空了出来，女人又过去占住了。

女儿也睡着了。男人把女儿放在了刚才儿子睡的位子上，盖了一条毯子。两个光脚露在外面。

男人带着儿子。女人也独霸一排位子睡了。

男人一会走过来，把背儿子的背单扔在女儿朝天的脚丫上，也没有盖住。

另一排有干净的位子空出来，我们换了过去。

那男人马上去把所有的行李搬下来，把我们刚刚空出的位子全部占住。

到梁平，他们下车的时候，才看见他的老妈才从另外的地方过来。仍背着大包。

他们叫起女儿，背着儿子，和老太婆一起，各扛着几大包行李，下车去了。背婴儿的包单上面，绣着红红的大花，上面四个大字“岁岁平安”。

车上终于安静了。

空空的车厢，只有几个到万州的人。

到万州的人看起来，穿衣打扮就不一样了。座位上也干净。

绿色的座椅此时因为空，看起来就很整齐，有着特别的节奏，灯光打在上面，似乎像一个空空的舞台。我说：“车厢现在看起来就像霍珀的画了。”

我抬头看见，行李架上有一柄雨伞。那是一把很长的伞，尖尖的，浅褐色格子布的，伞架由于旧了，有几根钢丝半撑开着，离伞柄很远。

我想起来了，这是那个老太婆的伞。

列车上的广播在说着他们要来打扫，干干净净地进入城市。

但打扫的人没来，列车员只是来验了票。

我们在车上活动筋骨，等着列车到达终点。

我想起 1998 年春运的时候，在广州至成都的火车上，我跟车采访。当列车终于到达成都的时候，坐了几十个小时的旅客，都不约而同地站起来鼓掌。

从哪一条路抵达远方

长途乘车的时候，我一定要坐在窗边。

在火车卧铺上的时候，我也会一直望着窗外。

只有坐飞机的时候，在窗边当然好，不在窗边也没多大问题，只是少看一点儿云而已。

车窗外，有一个迷人的世界。我坐车的时候，是会犯一种瘾症的。我会痴在那儿，不知身在何处，今夕何夕。

从远处经过一个村庄，看见一个青年骑着二八圈的自行车，“哐哐哐”地从土路上骑过去，我就忍不住想，他是去见他的姑娘吗，他的姑娘漂亮吗，爱他吗，他这么着急地在烂路上骑车，在想着什么呢?

车经过一个小镇，看见一间理发室门口站着个穿白衣的高个子女人，我就会想，她是外乡人吗，她是如何到了这个小镇，来开一间理发室，她有爱人有孩子吗，有朋友吗，孤独吗?

我坐在车上，望着远处的人和事，想入非非，常幻想自己就是他们，恨不能化身其中，知道他们的喜怒哀乐。幻想自己就是那个乡村青年，不敢对姑娘表白，心急如焚，远远地赶过去，只是想看她一眼……又幻想自己是那个没什么生意的女理发师，靠在店门口，想着家，顺便斜眼瞄一下隔壁的打铁匠……

但这些猜想太单调空洞了，一想到永远不能知道他们真正的生活，不能用他们的眼睛和心来感受，就觉得失落，觉得自己已经错失了最有意思的生活。

我坐在汽车上，远远地看着那些漂亮的村庄，很想跟开车的朋友提出来，我们改换目的地吧，我们就从刚才那条机耕道绕过去，我们去那个开满梨花的那几户人家吧。

我坐在火车上，看见一片片碧绿的田野，和那有高高飞檐的房子，就想，我要记住最近的站名，下次，专门乘火车来一趟，我要在田间走一走，到去住一住那些房子。

但这些愿望一次也没实现过。

我去旅行，去到一些地方，但那都不是我想象中的远方。我去到我的旅行目的地，作为一个游客，在那里走一走，惊奇地看一看，拍下照片，但都不是我心中向往的远方。在我向往的远方的生活中，我不是一个游客，而是一个其中的人，是一个生活者。

我知道这是一种贪念。一种觉得此生不满足，恨不能多活几世，多用几个角度来看世界。但有这念头的哪里只我一个，比如昆德拉就说了“生活在别处”。海子有句著名的诗：“我要做远方忠诚的儿子，物质短暂的情人。”

还有那些疯狂行走的人，哪儿偏僻去哪儿，沙漠啊草原啊，以及那些在全球拎着镜头拍照的人，哪儿热闹去哪儿，战场啊灾难地点啊。我曾一度喜欢做深度记者，我认为，记者去到别人的生活里，体会别人的喜怒哀乐，片断地经历一下另一种人生，是最好的旅游，真正的旅游。

但后来明白，不管是到处行走，还是深度观察，其实选择了一条路，就放弃了另一条路，远方永远只存在想象和向往中。

对于这种情感，后来发现，也许画画和写作能够抚慰。我坐在火车上，用油画棒飞快地画下刚刚看到的窗外景色。我坐在路边，画下从山角绕出来的那段公路。我画下远处的房子和它门前晾晒的衣服。以后，我看着这些画面，再一点点回想当时的情景，和画面之外的那些人和事。看着我以前的画作，又会犯新的瘾症，恨不能进到我的画中去走一走。

我记下我在火车上、在旅途中遇见的人和事，我偷听邻座的陌生人的谈话，猜测他们的关系和故事，回来后把他们写下来。再后来，就拿这些材料，加上我的想象，写小说。很久以后，再看这些文字，我又会觉得恍惚。混淆了记忆，分不清真假。

我理智上是知道的，远方的好是因为不能抵达。海子要做远方忠诚的儿子，其实，远方更像一个不能亲近的情人，你一步步靠近，他就一步步逃走，你要赖不肯挪动了，他又在那儿诱惑你。你只好终身追逐。

火车的怨与爱

一位朋友休年假的时候，决定乘火车旅行。 买一张火车票，去漫游神州大地。

可是，到了火车站，心里就有点凉。 上了火车，更是无语。 旅行计划很快改变，还是乘飞机好。

对于这种情况，我太理解了。

我就是一个特别喜欢火车旅行的人。 因为常坐火车，心理承受力比那位朋友好很多，但类似的情况也遇到好几次。

最近一次是上月从重庆万州到成都。 订车票的时候，我仔细看了看，有从万州始发的列车，更多的是路过万州的车。我专门选了一趟从上海始发，终点是成都的火车。 这一趟时间较好安排，更重要的是，我还没坐过从上海发来的车呢。

不同路线的列车会有不同的风格，不同的列车组会有不同的服务。我满怀期待，希望是一趟有趣的旅程。

因为只是白天七八个小时，因此我选择了硬座票。

以前坐其它车次我也选过硬座，上次坐从成都到宜昌的火车，“硬座”其实是软座，座位宽大，坐起来挺舒服，走廊的左右都只有两人。宜昌的列车组服务花样翻新，哄着乘客消费，但一点也不过分，反倒让人觉得有趣。

早上八点钟，上到这趟从上海过来的火车。找到自己的位置却坐不下去，因为上面有两条腿。旁边座位的人，正横在座位上。那女人头发凌乱，眼神迷茫，我手执着车票给她看，她一副不明白的样子。我说："这是我的位子。"她便收了一下腿，腾了一小块地方出来。如果勉强坐下去，便要抵着她的脚。

西闪见状，便让我坐他的位子。两个位子之间隔了一个过道。那个位子是空着的。

坐下来之后，才打量周围的一切。

空气中弥漫着一股怪味，那是经过一夜发酵的废气。脚下的地是湿的，不知是什么东西。过道上跑来一个小孩，大约四岁多，没穿裤子，就这么光着。也许是家长觉得这样可以随时方便？

这样的场景我遇见过一次。有一年过年的时候回老家，坐火车就是这样。但那是春运，没办法嘛。

西闪见状马上安慰我，说，我去找列车员换卧铺。

到了卧铺车厢，终于松了一口气。可以好好呼吸一下了。这卧铺车厢比我平时坐过的火车脏一些，但有了刚才的对比，还有什么好抱怨呢。我嘟囔着："这多半不是上海的列车组，是成都的列车组。"一打听，果然。在我的经验里，成都的列车组比较懒惰，不爱卫生。我曾见过成都的列车组自己不打扫卫生，而让一个小贩来打扫，小贩因此取得在车厢售卖东西的权利。

一周之前，我们还坐过广州到重庆的列车。车上服务的是重庆列车组。重庆列车组又有自己的特点，就是车上售卖的食品奇贵。盒饭二十五元。于是我说，这么贵，还不如去餐车啦。坐着舒服，还可以按心意点菜。到了餐车，也不能点菜，都是配好的，跟盒饭是一样的，只是换了下餐盘。价钱涨到了四十五。

但我一向长于在旅途中寻找乐趣。在那趟开往重庆的列车上，除了像往常一样观察车厢里的人与事，连广播都让我觉得好玩。估计这位广播员跟我们年龄差不远，在九十年代还是一位文艺青年。播放的歌都是九十年代流行的摇滚。崔健、郑钧、窦唯、张楚、何勇……一首接一首。更让我惊喜的是，居然还有罗琦。我在当文艺女青年的时候，也喜欢罗琦啊。好多年没听过了。

音乐中间插播寻找医生。这位女播音员的声音很好，普通话标准，而非“火车普通话”。在许多列车上，播音员都讲着一口“火车普通话”，怪腔怪调的，但却很统一。跟方言无关，自成体系。

午睡之后，广播里开始播放“艾滋病防治知识”。仍是那位女播音员的声音。这篇文章很长，虽然观点正确，但有好多小孩不宜的内容，女播音员声音依旧温和动听，但文章后半部分却主要在谴责一夫一妻之外的“滥交”行为。这内容在火车上播放太古怪了，让我不由得胡乱猜想，难道是播音员放给列车长和同事们听的？也许女播音员大龄未婚，曾经北漂，喜欢摇滚，周围的同事过着热闹纵欲的生活，女播间员跟他们格格不入，心中郁闷。这太像一个小说了。

在火车上，可以神游物外，也可以专注一些小事，最容易让人找到灵感。到目前为止，关于火车的小说我写了不下三篇。随笔就更是不计其数了。火车有点像特殊的舞台，每个人既是观众又是演员，像封闭的小世界，隔世的孤岛，可以上演密室游戏。

窗外的风景、同车的乘客、列车上的服务人员、暂时停靠的车站，都可能带来意外的惊喜。当然，最希望列车上的服务质量能够提高，火车从此变得干净整洁，让习惯舒适生活的朋友也能享受乘火车之乐。

据说现在有一趟火车从北京到德国，１６６个小时，穿越亚欧大陆。这真让人想入非非，我暗下了决心，一定找机会去坐一次。

沿江而行

从珠江泳场这头，沿江往广州大桥方向，是我最喜欢的散步路线。

下午的时候，有时能看见斗风筝的中年男人。

放的是一种小方块的风筝，醒目的橙色或红色。几个风筝在天上靠得很近。应该是正在缠斗。我看不大懂，只知道，从小时候放风筝的经验来看，风筝靠这么近很危险。一会儿，就看见有风筝跌了下来。岸边有人平静地收了风筝，从他黝黑的脸上，看不出什么。

岸边坐着几个男人。他们都坐在自己带的凳子上，手上拿着一个线轴。比较特别的是他们都穿着一条半长裤，大腿上都缝制了一条特别的布条。也许是砂布，或者是皮革？我看不大明白，只知道这是为了耐磨和增加阻力。他们拿着线轴在腿上搓动，就能快速地收线放线。

再往前走的那一小块地方，经常聚集一些遛狗的人。大狗小狗都有，品种不一。爱狗的人在这儿相聚聊天。他们的狗也正好嬉戏玩耍。

再向前就快到中大码头了。接近黄昏，这儿的人就更多了。

旁边那一排夹竹桃长得浓密繁盛，花朵艳丽。在树丛旁边，常有几个练太极推手的人。他们低调地演练着，不想惹人注意。

这跟十几米之外的世界截然不同。

十几米之外就是中大北门广场，到了傍晚，这里会上演盛大的广场舞。 我每次路过都会看看他们，觉得很有趣。

广场上通常都有四至五支队伍，把广场占满了。 这四五支团队，各不相同，年龄不同，跳的舞蹈也不同。

最靠西的一队，是一群比较年轻的女人。 以三十来岁的为主，二十多岁和四十岁的也有。 她们腰胯上都系着许多小亮片，像小铃铛一样，一动便哗啦啦地响。 随意一些的人把小亮片围在牛仔裤外，正规的还会穿上长裙，挂上亮片，看起来就别有风情了。 她们主要跳肚皮舞之类舞蹈，扭腰送胯，力争跳得婀娜多姿。 我见过旁边偶尔还有等她们的男人，可能是男朋友或者老公，打着呵欠，并未欣赏她们的舞姿，只是等待结束后回家。 我猜测她们中有不少是全职在家的妇女。全职在家的年轻女人，没有小孩拖累，又担心沦为“黄脸婆”，就花很多时间来练习舞蹈，增加个人魅力。

如果时间尚早，人来得还不整齐，便会有一两人的单独表演。 估计这是她们的“台柱”或“领舞”。 会跳得更复杂，难度更高一些。有的跳得很好，仿佛在舞台上的感觉。

这种情况会吸引许多人围观。 那些游客、散步的人，常就停留在这儿不动了。 从围观的女人脸上，常能看到钦羡。 有的还展开双手，怯怯地模仿几下。 经常能看到外地游客对着跳舞的女人举起长长短短的镜头。

旁边的一队就没有这种被围观的待遇。 她们年纪大好些。 估计是正式退休的年龄，五十以上。 她们统一穿蓝衣白裤或红衣黑裤。 放的音乐都是中国式的“民歌”，跳的都是“民族舞”。 领舞的两三人站在中大广场的台阶上，比下面的人要高一大截。

再过去的一队，占据广场正中的，是一群五六十岁的女人。她们的音响总是放到震耳欲聋的程度，这也迫使旁边两队经常得提高声音，不然就被带跑了。于是声音就越放越大。这支团队，也有统一着装，主要是穿红衣白裤。放的歌都是红歌。实在太吵了。经过这个地方的时候，我们都想加快步伐。但要加快步伐并不容易。这里是广场中心，几个方向的人群如流水一样，在这儿汇聚，形成了一个回水湾。

中间还有一两支中老年的舞队，有男有女，挤在人群中间，不成气候。似乎一会儿就会被人流冲散了。在靠近江边栏杆的地方，偶尔还有一两个中年男子，想在这儿踩上几步“太空步”。但来往的行人很快就会占据他的舞台。

最东面的是男女混杂的一支舞队。人员年轻。领舞的是一位气质阴柔的男子。他们跳现代舞，动作并不复杂。领舞就像健身厅里的教练一样，时不时地纠正队员。可惜他跳得很不好，估计并不是真正学过练过的。这一支另类特别的舞队，没坚持太久，就消失了。

这块空地马上就被新的一支队伍占据了。她们跟最西边的那支相仿，年龄略大一些，三四十岁的样子。她们也在腰间系上一串亮片，大多穿专门用于表演的丝绒“喇叭裤”，她们跳“飞天”之类的仿西域的舞蹈。可惜这一支跳得不够好，不熟练，动作也不规范，就像是被西边那支队伍淘汰出来的。看到她们的舞蹈，就想到，西边那队估计有长期的排练，而且可能练习地点并不在这里。

正因为最西边的那支队伍，让这里的广场舞跟人们印象中的广场舞不大一样。这里的广场舞已经算得上珠江一景，我曾在一辆旅游公交车上，看到电视上正播放珠江两岸游的宣传片，宣传片里就有她们的身影。

虽然乐声震耳，人潮汹涌，广场上还有些别的项目，比如有的小贩挤在边上卖一些亮闪闪的小玩意，小孩们玩着肥皂泡。

离开广场，继续沿江向东行，就看到小贩更多一些。白天有打气球的，晚上就换成了套圈的。出租自行车、旱冰鞋的白天晚上都有。

卖饮料和椰子的小贩不多，偶尔还会有城管站在旁边，低声地要求他们离开。

只有一种生意让我觉得不安。白天在江边散步的时候，经常能看见钓鱼的人卖他们捕到的鲇鱼。是那种很大的黑色的鲇鱼，直接放在水泥路面。这种鲇鱼极其强健，哪怕没有水，又被南方的太阳直晒，也会挣扎着活很久。人来人往中，它就一直在水泥地面上无声地扭动。

每次看到这种挣扎都让我想避开眼光，不知道最后这种大鱼会被谁买走。

有个小贩让我哑然失笑。那是一个下午，在广州大桥下面的小广场边上。一个十来岁的孩子守着一自行车的爆米花。应该是替父母在守吧。

爆米花是封在一个个的纸杯里。我看见他偷偷地把一个纸杯的封装抠开，从下面掏出一些爆米花来吃，再把封装掩饰一下，放回他的车上。不知他父母回来会不会发现。

入夏之后，沿江而行的人夜里比白天更多了。

那种多人自行车，几人同骑着，洋洋得意地在人群中穿行。滑旱冰的年轻人，会呼啸而过，在人群中做一些急刹、急转的动作，感觉甚好。

无论早晚，都会有一些跑步的人。

傍晚是孕妇和婴儿较多的时候。他们是速度最慢的。

周末会比平时多不少年轻人。他们勾肩搭背地走着，很欢快，说着各种口音的普通话，一望可知是工作了一周的工友，周末到江边逛逛，感受真正的城市生活。

不同的人，都给江边的行人带来不同的节奏。散步的人，经常会停下来，望望江。

江上游船来往，特别在夜里，五彩的霓虹把船身勾勒出不同的形状，还不住闪动，船上放出响亮的音乐，显出世俗的热闹。

停下来的人，不少都喜欢倚着栏杆，拍一张自拍照，或打一个漫长倾诉电话。也有的人就着栏杆，做压腿练习。

有一晚，我们散步折返回来时，经过江边一盏路灯，猛地听到倚着栏杆的人对着江水高唱着一首粤语歌。这是一位大约四五十岁的女人，衣衫有些陈旧。我看不到她的脸，只知道她唱得忘情，音色还相当不错。那是一首我没听过的歌，我猜也许是一部电视剧的插曲吧。她唱完歌，没有丝毫停留，提起脚下的一个编织袋，头也不回就走了。那编织袋里装满了废瓶子和旧纸板。

我这才反应过来，她只是一位拾垃圾的女人，走到江边，高兴了就唱了一首歌。不伤感、不自恋，唱完就走，就像一个从我心目中的小说中走出的人。

第二章 风 景

地铁里的外乡女人

中午刚过，地铁里稍嫌拥挤。这时上来一对夫妇，带着三个小孩。男的抱着一个大约三岁的男孩。两个女儿和妈妈拉着地铁车厢中的扶手栏杆。女儿个头相差不远，年龄挨得近，一个可能五岁，一个四岁。男的个子不高，穿着很旧的 T 恤短裤，看起来经济并不宽裕。他偶尔和妻子孩子说句话，是潮汕口音。

两个小女孩长得非常漂亮。瓜子脸、大眼睛，很机灵的样子。再看她们的妈妈，也很漂亮，鼻子高高的，身材没有因为生了三个孩子变得肥胖臃肿。衣服是一种廉价的化纤面料做的，但是很合身，有弹力，桃红色的，把身形勾勒出来。这么爱美，不大像这里的年轻妈妈。

从五官上看，这个年轻漂亮的妈妈，像是四川女人。我猜她可能到这边打工，嫁给了这位广东老公。老公想要儿子，终于生到第三个是儿子，这才罢手。

两个女儿梳着小辫子。头上扎了好多几毛钱一个的便宜的小头花。大女儿头上几个小头绳头花是蓝红色系的，仔细一看，跟她身上的黑底蓝红小圆点裙相配。二女儿头上扎着粉色和黄色的各种小头花，跟身上的黄花裙子是相配的。妈妈一定很喜欢这两个女儿，才在打扮上这么用心。虽然二女儿的裙子已经起了好多毛球，可能是大女儿穿剩下的。

估计她的老公性子温和，有人让座给抱着小儿子的他，他连连谦让不肯坐，说，马上就到了。他们一共坐了三站就下了车。一个经济不宽裕的家庭，要养三个孩子，漂亮的妻子，其貌不扬的温和男人，未来的美少女，这个家庭会有怎样的故事呢。

车厢里上来一位黑人女士。因为人多，从人缝里，我最先注意到的是她的身材。她身材很好，苗条丰满。因为这样的身材在这里罕见，我才注意到她。她脸上很瘦，眼眶沉陷，但双眼有神。皮肤是深绛色，更突出了眼白，显得眼神也深。鼻子较低，但不难看。嘴唇也是深色。头发精心梳理过，蓬松的细卷发，齐齐梳向后脑，亮出额头。

深色的皮肤让小腿就像穿了双紧致的丝袜。前几年，正流行过这种颜色的丝袜。她的脚上，穿了双白色的软皮鞋，很好走路的那种。再仔细打量她的装扮，她的服装很衬她。她穿了身浅米色苏格兰格子的收身连衣裙。这种颜色，衬着她的深色皮肤，既生动又典雅。抓着白色小挎包的左手上有两枚细细的黄金戒指，手腕上还有一小串浅黄色水晶的手链。

金色和闪着小光泽的浅黄，在她的皮肤上，都显得明亮好看。这是我第一次觉得有人戴金戒指好看。就开始想，也许黄金最合适的皮肤就是这种黑色的皮肤。色度对比、深浅对比，都恰到好处。黄皮肤的人，适合的配饰可能的确是传统的玉和珍珠。浅黄与绿色相配，浅黄和柔亮的白色也相配。

这位黑人女士打扮得好看，但穿戴并不昂贵，审美能力很高，兼顾了舒适方便。也许常做的事情要走很多路吧。随手的小包容量不大，要办的事情应该在写字楼或政府机关之类，不会是在各个批发市场。广州有很多黑人，常在各个市场进货回非洲。她应该不是此类。

我看不懂黑人的年龄。按我的猜测，她大约三十出头。我也猜不出她的身份，只知道，她从很远的国度来，多半已在这里长住。

隔　壁

火车从广州开往重庆，一节车厢差不多都是回乡的人，都说着方言。

硬卧隔壁，一位女人在讲："我女儿家里条件好，平时都是保姆买菜。每次给她几百元，花完了再给。保姆都是在超市买菜，有小票，但我女儿也不看。超市的菜还是贵，比旁边的菜市要贵一倍多，但是菜好啊。买三文鱼回来，给小孩吃。质量好，外国的。我女儿每周还要去一次超市，少则五百，多则六七百。保姆？保姆每个月工资两千多。我女儿一个月工资三四万呢。她的条件好……"

这番话，我午睡之前就听到她在讲，午睡醒了，又听到了，现在坐在卧铺车厢过道的凳子上，她还在讲。

她也坐在过道上，面向着隔壁那个铺位。她大约六十几岁，穿着件蓝色带绣花的纯棉小衫，呃，之所以我知道一定是纯棉的，因为她刚才说过了。她对着另一位老太太说："你穿的是化纤的啊？化纤不舒服的，要穿我这种，我只穿纯棉。"还要伸手去摸。对方很不好意思地躲闪着，说："我一直穿这个，好洗。"

对面铺位上是位三十多岁的女人。那女士眉头微蹙，半躺着，宝蓝的修身连衣裙外，罩了件亮紫色的披袖。

刚才对话的这两位老太太转向那位女士，说：“你人不舒服啊？”

“我有点晕车。”我猜那女士被她们吵着没睡成午觉，好不耐烦。

“你咋这么瘦呢？ 多吃点。”

“我吃得多，就是不长。”

“是不是胃不好？”化纤衫老太太说。

“瘦的人才吃得多。”纯棉衫老太太反驳。

有了这番对话，女士脸色变柔和些了。

老太太们趁机再问：“你在广州工作？”

“嗯。”

“做啥子工作？”

“在公司。 做采购管理。”

“一个月几万？”

女士尴尬地笑笑，说：“哪有那么多。”

老太太们不放弃这个话题，又问了两句。她摇头说：“没有上万，只有几千。”

这时，靠过道的一位中年男子加入了谈话：“采购管理？ 油水最大了。”

“我们那儿没有油水，都是死工资。”女士回答。

“咋个可能呢？”

“我们是日资的。 管理得很严。”

“钱就在那儿，你挣就是你的，不挣就是老板的。 管他是哪儿的呢？”

“我们钱都不过手，咋个可能挣呢？”女士有点生气了。

男士一副不相信的表情：“钱当然都是不过手。”

女士面向两位老太太，说：“我们日资企业质量要求得高，好多东西都是从国外采购的，不走国内。”老太太们点头称是。

经过这番交锋，女士变得愿意跟老太太说话了。

她说：“我上班就觉得烦。”

“工作压力太大了。”

“也不是。就是觉得烦。”

“让你妈妈帮你就好了。”

她的神情一下就舒缓了，有了笑意，说：“是啊，回家我就什么都不做，吃现成的。她帮我管女儿。我女儿已经九岁了。我老公在家。以前我们都在广州打工，后来商量了一下，我的工作要好些，我就留在这儿。”

“还是跟父母在一起好些。”纯棉老太太说。

“就是。原先是我爸带我女儿。他喜欢得要命。女儿三岁的时候，他得癌症死了。我老公回去带。我女儿看了电视剧，都是妈妈带娃娃，就不认她爸。我就给她说：你老汉儿不是一般人，也是有素质的，至少是当过兵的嘛。我女儿现在懂事的很，还会说，要是外公还在，我们家庭还要好些。”

她眼睛有了神采，开始讲她的女儿。

好　运

在进行了几句关于工资和房价的对话之后，他问：“以你们的眼光来选，你觉得是一楼好还是二三楼好？”

这个问题很突兀，但我还是跟他讨论，一楼太潮，二三楼好些，但如果有老人和孩子，就选一楼吧。

他说：“我想替我以后考虑啊，以后还是要老的。”

我仔细看了看他，他还年轻，大约三十多吧。笑了起来，说：“这也太早了吧。现在就不肯爬楼梯了？”

就越聊越开。

我说：“二手房不知道环境好不好？”

他说：“我去年住在检察院宿舍，院子里只有四幢楼，中间有一个很大的花园，水池里还养的有鱼。”

我说：“单位院子当然环境好啦，物管也由单位包了。那你不用搬啊。”

他说：“不是我要搬。是离婚。房子要拍卖，共同财产，卖了一人一半。房子卖的时候，我眼泪花儿都包起了。想到一手一脚的，那个房子全是我弄下来的。”

我说：“如果你拿得出钱来，房子应该可以保到吧？”

他说："唉，卖了撇脱。不扯了。她还说，要多给她六万。好，就多给六万。又变成七万。好，七万就七万。就当是这些年的情分。不说了。不要离了还扯不清。"

我说："那是哪个提出离的呢？"

他说："是我。"

我说："哦。两人感情不好，还是分开好些。"

他说："就是嘛。那个时候，一下班就角裂（方言，争斗之意）。好头痛哦。我也不想这样。但是，成都女的太糟糕了。"

我说："呵，是你运气不好。"

他说："是运气不好。我跟她生活了七年。我家在农村，顶班出来的，好朴实嘛。在这些年，都要被她搞变态了。"

我再打量他，他其实还有点斯文，相对白净，瘦，戴着眼镜。

他说："问题是在她那边。我没离婚的时候，我们单位有个女的到处追到我，想跟我耍朋友，我离了还不是一样的没跟她。"

他说："以前还在三环路上买了房子，后来她说上班远，就卖了，又买到检察院。但结婚七年了，我妈老汉儿去世了，埋到哪儿呢，她都不晓得。其他人的丧伙，她倒是到处打哦。我跟她爸妈说，她爸妈说，她就是这样的。我就毛了，说，你们以后还是要老的嘛。现在，我跟她离了，把她离回她父母那儿。她这个人，你说，她连我亲哥哥都要勾引！"

听到这话，我吃了一惊。他打住了，不再说下去。

我说："你有没有孩子？"

他说："现在没得。以前有过。"

对这个说法我愣了一下，想，难道是孩子死了，婚姻才破裂。

他说："孩子跟了她了。我现在是一个人。以后也一个人。"

孩子也跟婚一起离掉了。这种情况，我听说的不多。一般人离了婚，孩子跟了对方，也不会认为自己就没有孩子了。

我说："你买个房子，开始新生活，多好。我就觉得，两个人不好，还不如一个人好好过。不伤神嘛。"

他说："就是。我现在只想买个房子，把下半辈子安排了，好好过日子。以后再也不结婚了。要不再碰到个这种女的，把我辛苦挣来的钱又裹干净。我何苦呢！"

我说："也是个运气问题，说不定，以后，你就碰到个好女人呢。好女人还是有。"

他说："不试了。"

我说："是，你这个工作真是辛苦。"

他说："我今天开车，明天还要去单位上班呢。"

我说："啊，你还要打一份工？"

他说："是啊。我开一天车，上一天班。"

说着，就已经到我家门口，我按计价器显示付车资给他，谢了他。关门的时候，忍不住大声说："祝你以后好运！"

你有一块钱吗

“后面的过来刷卡！”

我们抬起头，看到司机正转身面对后车厢，大喊：“没投钱的过来投钱！”

我转身看看，我们后面坐着个老头。又看到左边的位置上，坐着个男孩。看表情，那老头显然是刚刚刷了卡的，那男孩面无表情，脸色阴沉，有种发狠的劲，又似乎完全置身事外。

这时，司机仍在大喊：“要坐车就投钞票！”

大家的目光都注视着男孩。

这男孩看起来大约十四五岁，长得又黑又壮，穿一身运动装，衣服也是干净的，但似乎现在完全听不懂司机的话。

因为这是起点站，还没到开车时间，司机从他的座位上迈出来，走向这男孩：“说你呢！把钞票投进去！”

这男孩直视司机的眼睛说：“我没有钞票。”他的表情傻傻的。

司机也没了办法，说：“没有就早说嘛。”说着就退回座位，然后开门下车抽烟，等待发车时间。

男孩起了身，一个个问：“你有一块钱吗？给我一块钱嘛。”问每个人的时候，脸上带着谄媚的微笑，很亲切地拉住每个座位的扶手，把身体俯向他问的人。

有老太太说："司机不找你要，你就算了嘛。"但他仿佛没听见，仍每个座位地问过去。我们前面是一对青年男女，那小伙子说："一元没有，只有五毛。"就摸出来递给了他。他又执著地一个个地问，我身旁的小笨忍不住说："我有五毛。"说着，就拿出钱包，没找到五毛，便给了他一元。男孩接过便揣进了裤兜。又转到刚刚给了他五毛的那对青年那儿去，问那姑娘："你有一块钱吗？"小笨见状便说："才给了你，还要！"

那男孩对那对青年俯过去，笑着说："如果我摸你的女朋友，你得不得打我？"

那小伙子惊道："你说啥子？"他又重复了一遍。小笨听到也非常气愤，喝道："你干啥子？！再这样打你哦！"

那小伙子也骂道："滚！找打！"

他仍赖在那里，对那姑娘说："不要叫你男朋友打我嘛！"

车上的乘客以女性为主，几个老太太叫起来："你这样要撵你下去啰！"

他这时站直了身体，大声问老太太："汶川地震惨不惨，死了好多人？"

老太太不知如何接话，只好说："我不知道！"

但大家都知道他是装的，他是明显的一口成都市区口音。哪里是汶川的。

司机上车了，这男孩坐回他的座位，司机走过来，说："你把你捡的瓶瓶收好，你放在这儿，别人咋个坐嘛！"这男孩呆了一会儿，见司机还站在面前，便伸手把他前排座位的四个空饮料瓶拿起来，放到身边。

司机也没法，叹口气。时间到了，开车。车一开动，那几个空饮料瓶便四下滚开，他也并不去捡。于是，车里便一阵叮里哐啷的声音。

刚刚那个小伙子，跟女友换了位子，让女友坐靠窗的位，自己坐在走道旁。

车每到一站，都有几个乘客上车，车一启动，男孩便一个个挨过去："你有一块钱吗？给我一块钱吧。"

有的人不动，他便去捅捅别人。有的姑娘不给，他便直勾勾地盯着人家。因为新上车的人，都不知前面的一幕，所以，很多人只是厌烦地扔一块钱给他，就找个远远的位子，不肯坐在他的附近。不一会儿，他就要了十多块了。

见他盯着那些姑娘，让姑娘们很担心，小笨生气了，便又吼他。我拉拉小笨，悄悄说："可以帮助姑娘，吓吓他，但不要真的动气啊。"

小笨的性格我知道，他一旦发作，肯定会动手。但现在车上大多数的人估计都跟我想得差不多，觉得生气，但又觉得跟他计较也犯不着，毕竟他是个未成年人，兴许脑子还是有毛病的。当然，这毛病也有点像装出来的。他那么肆无忌惮，让大家不知如何是好。

他在座位上大声地跺脚，把手伸出窗外，嘭嘭地拍着车身。

司机在前面骂着："瓜娃子！"

这时，上来了几个乘客，其中两个中学生，看来和他差不多的年龄。他便又凑过去，问："你有一块钱吗？"最后要到了中学生那里。

两中学生见他，便说："我还想找你借一块钱呢！"

他一听，便回到座位上坐好。

两中学生开玩笑，一个说："哎，好像是我幼儿园同学嘛。"另一个转过头来说：“帅哥，你好帅哦，到处都要得到钱！ 给我一块钱嘛！”

他坐定他的位子，面无表情，似乎恢复了正常。

公交车上的情感热线

我刚刚上车站住，就听到有人正在交流情感故事。原来是车厢前高一点的那个台子上站着的两个女孩。

先是一个女孩讲她的姐姐交男朋友了。

另一个女孩说：“她多大了？”

女孩说：“２４。”

“２４该交男朋友了。比我还大一岁。”

……

两人交流了一段关于不在场的姐姐的八卦后，另一个女孩开始长篇倾诉起来：

“那天上班没事，我就在网上看博客。看到一个人的介绍，居然生日跟我是同月同日，我就点进去看。没想到，她写的是我的男朋友。

“她写她跟他分手时的样子，写得很伤心，最后说：以后我们就隔着一个海了。

“我就去问我朋友，那是哪个？

“他先不承认，然后说：那个女的不是真的爱他，里面好多事情是编的。

“我说：我不是吃醋，你跟我讲嘛。因为我看她和你分手的时候，那种心痛，我也感觉得到，那次我们在机场分手，我就觉得好心痛。

“他说：如果她真爱我，那咋个要编那些事情呢？她说我当着大家的面给她弹吉他唱情歌，咋个可能嘛？！”

这时，听着的那个女孩插话：“那他会不会弹吉他？”

这个女孩说：“会是会，可是要他当着别人的面，弹吉他唱歌，他肯定不干的。他还说，她说，他写了很多情书给她，这也是没有的事。他要我解释，这个女孩如果是真爱他，咋个要编这些呢？我说，女的就是这样嘛，爱一个人，就幻想很多事情，如果没有发生，也当它发生了，所以才要写下来嘛。我给他这样解释，他才说，哦，这样啰嗦。我后来又对他说：以前我想过，如果我们结婚了，我就把我们的情书和我们的事情，连起来，写一本爱情小说，现在不写了。他问我为啥子，我说：已经有人为你写过了……”

我支着耳朵听啊听，听这两个年轻女孩的情感故事。估计，身旁还有人也在听。这时，车上又来了很多人，我再站在车头这里就不好意思了，太挡路了，只好走到车身中间去。听到前面那两女孩仍旧叽叽呱呱地，只是听不清楚了。

我忽然有个小发现，在公车上的人，特别容易敞开心扉，向同伴倾诉。我在车上，还听到过两个女孩讲互相介绍男友的事，也听到过少妇想泡同行的中年男子，可男子不接招的事……偷听这些路人的八卦，成了坐公车的无聊时间的一大主流快乐了。

我想，在车上倾吐心声的人，可能，也有一点点不自觉地表演性吧。也许，就是希望有暗中的倾听者？就像给深夜情感热线打电话的人，像匿名在网上写情感长帖的人。陌生人的耳朵有着树洞的功能。

山城烟花

年底，我和笨笨回他的老家万县。这座山城，现在更名叫重庆市万州区。

住在笨笨的父母家里，每天晚上，都看到烟花在窗外腾起。

好大的烟花，砰砰砰地升上夜空，照彻高高低低的楼房，在空中忽地散开，无数闪亮的小星星落下来。

刚刚到的那夜就有烟花，第二夜是平安夜也有……

好多年我没放过烟花了，在我记忆中，成都普通人家放的烟花都小小的，像魔术弹之类，一个一个的火弹窜上去，红的黄的蓝的绿的，开始的飞得高些，慢慢就飞低了，有的斜飞出去，引得围观的人发出声音来。

眼前这么盛大的烟花，应该是政府放的吧。我说："没想到，这里的区政府居然会为圣诞节放烟花。"

圣诞节也有。每天都有。当然我已经明白，这不会是政府放的了。

我是个爱看烟花的人，但每天有，就不惊喜了，到后来，听到声音已经不再把头探向窗外了。

有时早一些，有时晚一些。早的时候大约七八点，晚的时候我们已经睡下了，忽然会被砰砰之声惊醒。 窗外一亮一亮的，强光穿过窗帘。 可能在十二点左右吧，或许更晚。

有一晚从另一个城区打的返回，在路上，见附近一片刚刚建好的商业区也正放烟花。 听人介绍，这里是个新市场，开业的店都要放烟花，图个彩头。 白天不能放，当然会在晚上放。 虽然晚上市场上并没有人。

可年末这两日，我留意了一下，分明发现，这烟花是从很近的地方放起来的啊。

大约只隔了一两幢楼吧。 每晚都有好多响。

早上特意问了问，才知道，附近住着一个五六十岁的鳏夫，新近娶了一个小他十来岁的新娘。 于是每夜放这盛大烟花。

这烟花很贵的，单一只也要上百，而这对新婚夫妻其实是没什么工作的，也没多少收入来源。

又听说，这新郎的几个儿子都很反对这样放烟花，似乎也反对这桩婚事。

这夜夜狂欢地放烟花，倾其所有的放烟花，让我这个外来者想入非非。

也许有示威的成分，向儿子们示威？ 向反对这桩婚事的人示威？

也许就只是“人生得意须尽欢”。

放完了烟花怎么办？ 一对年过半百的新婚夫妇如何往后走？ 但我明白，这是因我的性格才提出的问题，他们不会这样想，他们有他们的活法。 我在此之前，已经发现了，这座山城的人热情直接，不计得失，都有着一种末世狂欢的气质。

精神青年住在青年旅馆

我一直对青年旅馆有种向往。我想，这是中了小资的毒吧。青年旅馆象征着什么呢？

年轻啊，浪迹天涯啊，四海为家啊。

呵，而且，也没有标准，规定多大年龄就不能住青年旅馆了。传说，只是穿西装打领带拖行李箱的人，不予接待。

这么说起来，我是永远都可以入住青年旅馆的人啊，可以永远当精神上的青年。

所以，决心这次出门，一定要去住住青年旅馆，感受一下那种又浪漫又便宜的年轻时光。

去之前，我就在网上查了，在桂林，青年旅馆有好几家，其中有一家，资格老、口碑最好，所以，我先就打电话过去，预定了一间大床间。

到达桂林的时候，按电话里指点的地方找去，结果不对，我们背着行囊满城乱走乱问，好在桂林不大，终于找到了一间酒吧。酒吧有个小牌子，原来，青年旅馆就在酒吧之上。

进得里间，吧台上有个女孩，给我一把铝制的钥匙，让我自己到四楼去。上楼的过程就觉得亲切，久违的水泥地面，裂缝的木门，打开房门一看，里面有一张老式大床，散发出浓重的樟脑味和香水味。窗户是不能打开的，所以这气味浓重。想必樟脑味是因为这房间怕生虫，放了大量樟脑，这香水味，一嗅也明白，是在这里住过的老外留下的，只有他们，会用那么浓烈的香水。

我一进去就被这气味熏得晕头涨脑，晚上怎么可能睡得着。赶紧退出来，问吧台的小姐，可有能开窗的房间。

吧台小姐说，那只有三人间。

三人间一百七十元一间。三人间就三人间吧。

总算安顿下来。

一打开房门，就发现，房间很小，就是一张大炕。炕上是三套卧具。旁边是个小过道，没有凳子椅子或者桌子，因为什么都放不下了。墙上有个洞，洞里放了个电视机。没有喝的水，据说，如果自己有杯子，可以到一楼去倒。

洗手间也奉行简约之道，除了洗脸池和马桶，什么都没有，包括杯子都没有。地上正中有一摊水，店员说，这是因为才做过清洁。后来，我发现，洗手间散发的难闻味道就来源于此，这水是从马桶的基座下渗出来的，所以，一直占据着地面，不会干。

天晚了，打开灯，发现灯太暗了，可能只有几瓦的亮度。本来我们是带了书的，平时睡前看看书也不错。也带了棋，下下棋也可以消遣。可现在这光线连眼睛看东西，都费劲，下棋都看不清棋子，更不可能看书了。只好打开电视。发现电视没有任何画面。

但七八点钟，就上床睡觉，这也不可能睡着啊。

想起走廊上有个公共电视，只好去看公共电视了。

打开电视一看，原来也没有任何电视节目。幸好在旁边发现一个碟包。赶紧选了张碟子来放。不料电视机也十分破旧，声音极小，画面极暗。最后只好把《功夫》拿来又看了一遍，因为，这部片子熟，不用听声音，不用看字幕，我们也知道，它的全部内容。

看碟的过程中，就发现其他房客陆陆续续回来了。原来都是西方人住在这里，至少我们没看到中国的房客。老外们一回来，就在几个房间里穿来穿去，大约也是无聊，就约了下到一楼泡吧。我们也明白了，房间里待不住，就待在酒吧，也是这青年旅馆的一项重要消费原则。

他们随意地穿着拖鞋前后走着。忽然，就听到"啪——咚——咚"地几声，又听到一声尖叫，一个老外从楼梯上滚了下去，尖叫的是他的女伴。

第二天，我们仔细看了楼梯，原来，楼梯不但是水泥做的，每节楼梯还略略向外倾斜。稍不留意，就会跌下去。

看完碟子，好不容易混到了十点过，回房，因为洗手间地上的脏水，就不敢冲澡，怕最后那脏水蔓延到脚上。

简单洗漱将就睡吧，一边自我催眠，青年旅馆的生活就这样的呢，青年生活嘛。睡在砖砌的炕上，感觉还是很新鲜。我是第一次睡炕，更没想到，在桂林这么南方的地方，会出现这种北方农村才有的东西。

但太硬了，一夜我辗转反侧，全身都睡痛了。天一亮，就跟小笨说："我们去找宾馆吧。"

走不远，就看到一间叫"怡佳"的商务旅店，居然才九十元，比青年旅馆还便宜好多。进了房，看见干净宽大柔软的床，明亮整洁的卫生间，饮水机，电视机，阅读灯，书桌，甚至还可以电话订书。天哪，顿时觉得，重回了人间，恨不得马上钻进被窝里再睡一觉。

终于明白，我不是那种住青年旅馆的人，我不是那种"精神青年"啊。那种"精神青年"在旅行中，要结识新朋友，体会原始风情，所以，需要随时泡吧，需要睡在炕上，需要克服物质困难，获得精神升华。

大墟记

大墟到了。从车上一下来，就看到路边有两个饭馆。饭馆的门口摆着大筐，筐里支着几只动物腿。我转过头，不想多看。因为我已经明白，那是狗的腿。

这边的人，吃得很杂。狗肉是他们很常吃的一种肉食。在阳朔的菜市边上，我还曾见到有小贩，骑着三轮车，车上有铁丝笼子，笼子里就是狗。我似乎当时都看见了那狗哀哀的眼神。

平时去旅游，我是很喜欢逛当地菜市的。但在阳朔没去逛，就是这个原因。

这天到大墟的时候，已经下午一点半过了。从阳朔坐到桂林，再坐到大墟，早已经饿了。但看见这样的两个餐馆，我怎么都不想进去。

所以，我说，我们还是直接去古街吧。

问路人：古街在哪儿？这种问法，让我想起了以前去好些古镇的时候，当地人会不明所以。因为对他们来说，并没有这样一个地方。除非那已经变成了纯粹的景点。

路人告诉我们，往前走，穿过停车场，再往前，就是了。

一直穿过去。走过一小片田，穿过一个门洞。果然，就是古街了。

比旧房子更先映入眼帘的，是红灯笼和一排摊点。

红灯笼是所有古镇的共同包装。似乎凡是搞了旅游的古镇就必然会挂上红灯笼。

纵然如此，这里给人的感觉，跟以前我所到过的古镇也完全不同。

这里的房子真是老旧失修，但也最大限度地保持了以前的面貌。不像别的古镇，不管挣了钱，还是开始准备挣钱，都会进行大幅改造，拆掉旧的，修上仿造的。把木结构，变成水泥结构的，再在水泥上面刷上漆，仿造成木质的。

这里完全没有翻修的痕迹。很多房子已经倾斜，青石路已经被完全磨损，地上剩下东一坨西一坨的石头。但这样，仍看得出当年这里的繁华。一条街接着另一条街，中间有城门，有拱桥。

下午的太阳，斜射过来，打向朝南的墙上。有一种荒凉之美。从一些残留的招牌和字迹来看，可以知道，这里曾经有过一些大的商铺。

但这里没人的地方很少。有人的地方就不是这种感觉了。这里的居民，都在门外摆出了小摊。摊上毫无新意地卖着旅游纪念品、假古董之类。摊点摆在屋外，而屋里都隐在黑暗和阴凉之中。可能他们都没意识到，古街因为这些摊点变得难看、无趣和急吼吼的。如果他们把东西摆在店内卖，可能给游客的感觉，要可信赖得多。

我来大墟之前，还想过，如果这里不错，就在这里住上一晚。有时间，就可以四处走走，画一下画。但现在，眼前不仅没有住的地方，连个小食店都没有。至多就有个别摊点，在太阳下，很可疑地卖着茶叶蛋。

当然，走在这里，我也知道，即便是有小食店，我也未必敢吃。

这里，空气中，充满了苍蝇。

苍蝇一群群地，在空中盘旋。 我看见有些住家人的门口，摆放着粘蝇纸，上面已经黑黑的一层。

走到一个古老的石拱桥，桥很漂亮。 桥下浅浅的水中，游着一群鸭子。 鸭子欢快地吃着食，可能是在吃苍蝇吧？ 它们慢慢地往外游，游到外面的水道里，那里连着江。 那边应该就是漓江了。 因为很多沿江徒步旅行的人，会把大墟作为去阳朔的起点。

我坐在桥边等小笨。 相机没电了，他去买电池。 这里看景色很漂亮，很入画，如果，不是这么可怕的卫生条件，真是应该在这里停留一下。

小笨走了很远，买到了电池。 他说，这电池可能不好，但将就用一下吧，因为卖给他的店家说：“只有这种便宜的了，但这个不好哦，只一下下就没电了。”换上刚刚买到的电池，相机一开机，就显示没电了，然后就是黑屏。 呵，果然如店家所说的，只一下下就没电了。

又往前走了一段，看到另一家小店有电池卖。 很高兴终于买到了“南孚”电池，可以拍照了。 （但我们轻信了这个“南孚”电池，一月没用相机，再开机，发现电池已经漏液，相机已经被损坏了。）

在古街的最后的一段，我拍了些照片。

在照片里，这里很美。 比我所去过的古镇都更原始。 照片里是看不到苍蝇飞舞的。 我开始怀疑，难道，以前的生活，古时候的生活，都是这样充满了苍蝇？

离开古街，已经四点钟了。 怎么都得去吃一点东西，不然，撑不住了。

古街外面的大树底下，看到一家小店，卖米粉。 坐在室外，米粉那特有的酸笋味不那么大，我答应小笨还是吃一点。

米粉端上来，我吃了两筷子，就吃不下去了。 随即看到一只癞皮狗，全身是疮和斑，烂烂地，遛到了我们旁边。 周围的人都视若无睹。 我只好再次把头别过去。 不看。

恢复了一点精神，我们快速地回到下车的地方，找个车赶紧坐上去。 逃似地离开了这个地方。

之前，我还想过，大墟，听起来，就是一个很古老的地方啊。 没想到，这里真的只剩下一个大废墟。

公车上的情色一幕

我的斜前方，公车后车门对着的靠窗的那块空地，站着一男一女。

那女的背倚着公车上的竖杆，用手握着这栏杆。男的两只手把她圈在里面。

女人背对着我，我只看得见她的头发，男人脸时常被竖杆挡住，但有时能看见。

他俩引起我注意，是因为他们老是动来动去。男的手先是也握着竖杆，然后又放开竖杆，两只手变成了搂住女人的腰，慢慢就变成很紧地抱着她了。

我看见女人的向后握着的手已经不年轻了，皮肤粗糙，青筋明显，手上的肌肉是松弛的，看得出她是个做过很多体力活的人，也大致猜出她的年龄应该差不多在五十上下。

女人的头发是烫染过的，棕黄色，大卷，略长，在肩头披着。

身上穿着一件红色黑点的束身风衣。这风衣是前几年流行过的式样。

下面是黑丝袜和高跟鞋。

男人的手胖胖的，手指偏短，黄白色，完全没干过活的样子。左手无名指上戴了很宽的一枚白金戒指，戒指深深地陷在了肉里，看来，这是一枚戴了很多年的戒指，至少是在他长胖之前就戴上了的。

男人穿着夹克和休闲裤，质地似乎不错，脚上一双旅游鞋，鞋很新，干干净净的。

他穿着夹克，由于身形较胖，把夹克往两边撑出来好多，更显得膀大腰圆。

从他的手，我猜测他挺年轻。估计三十多吧，不超过三十五。

再看他的脸，更让我相信这个推断。

他越来越抱紧了女人，把女人的手从竖杆上拿下，让女人搂住他的腰。

女人先是不肯，后来，就让了步，搂住了他。

然后他低了头，去吻女人的嘴，他比女人略高一点，女人的头微微有点闪避。他搂着女人腰的手，又往下滑了滑，让女人的腹部紧贴过去。

动作的尺度太大了。

我不好意思再望向那边，只见正面对他们的那两个坐着的乘客都开始装睡觉，右边的这个把头低着睡，左边的那个把头朝向窗外睡。

这时，车后方有一个位子空了出来，与我所在的位子仅邻一个过道。

那女人马上过来坐下，男人跟过来，把肩上挎着的女式大包递给她。

她说了声“谢谢”。

我看见她的脸，果然像我猜测的，应在五十来岁。但化了浓妆，刷了亮蓝色的眼皮，两腮绯红，嘴唇鲜红。

但脂粉没有盖住皮肤的苍黄。

她后面斜对着的位子也空了出来，男人进去坐下，男人似乎想跟她说话，但她没有回头。

男人露出讪讪的表情。

又过了两站，她旁边的位子也空了出来，男人用手捅了捅她的肩，她回过头，男人示意她往里坐，他要坐到她这儿来。

两人坐到一起后，男人揽着她的肩，把头靠在她的头上。

很快，他们就到站了，男人在后面，两手扶着女人的肩，他催促着女人，赶快下车，很着急的样子。

这样两个人，从车上走到公路上，很难再辨认出来。

他们是什么样的关系，我相信车上好几个人都在琢磨。那两个开始像是睡着的人也“醒”了过来。

我看了看时间，现在是上午 １１ 点过。

今天是星期六，我所乘的车是环绕一环路的 ２７ 路。这个时间，他们从哪儿来，要到哪儿去？

从那女人谢谢男人帮她拎包，便可知，他们并不算太熟。从衣着打扮来看，女人经济紧张，而男人应该比较有钱。那女人的化妆打扮，很有些像特殊职业。男人如此急色，为什么不打的，偏偏还要坐公车？

也可能是女人在拖延时间，我一直觉得女人在用身体语言说着别扭和勉强。

如果真是如此，她背后一定有个悲哀的故事。

地铁里的咆哮

“××广场在广州有好几家，你怎么认为只有一家呢？ 你不知道就不要乱说！ 广州就有五家。 全国有一百八十多家！ 你这样说出来，让人笑掉大牙！”拥挤的地铁里，一个男人正在教训另一个男人。这个男人三四十岁的样子，穿着衬衣，标准的公司制服。 中等个头，中等肥瘦，因为教训人，脸上肉往横走。

被教训的人背对着我，我看不见他的脸，也是一样的衣服。 他嗫嗫地说：“我只知道在白云影城开张的这一家。”

中年人停顿了一下，又训道：“你只知道一家，就只有一家？！ 影城开张的只有一家，就只有一家？！ 增城就有一家，番禺有，萝岗也有！ 只有白云这家开张了，也不是只有一家！ 这已经数出几家了？我怎么说你好呢！ 是说你蠢吗？ 还是说你无知？”

他声音很大，有不少乘客都往这儿看，但他完全无视。 我顿时觉得，这口气太像训孙子了。 难道他是个脾气暴躁的父亲，两人是父子关系？

看两人的年龄，怎么都不会是父子的差距。 从后侧望过去，被训的人至少也有二十好几了。 就听得中年人继续训话：“做人不能这么狂！ 做人要谦虚！ 要知道山外有山，人外有人。 不仅看事情这样，要看全面，看人也是这样，不能凭一个面一件事就判断人。人都是立体的。你多大点本事？！你才到公司几个月，就听别人跟我讲你很狂！我开始还不相信。做人不能这么愚蠢！……”

听到这儿，作为旁观者我都受不了了。也许很多乘客像我一样，暗暗希望年轻人奋起反击。

年轻人默默无语，低着头。

我有种想站出来主持正义的冲动。我按捺住这种冲动。我知道我是不善言辞、讨厌冲突的人。我默默地想，要是我那女汉纸闺蜜在，一定会跳将出来，臭骂这个嚣张的混账。太气人了。好在我一共只坐两站，容不得我多听多想，随着人流，我就下车了。

下车时我还幻想着，如果我大喝一嗓子，才下车，留下错愕的两人，也十分有趣。

出了站我还在琢磨，两人穿着打扮一致，中年男子不会是老板，多半也不是部门领导，也许是个小组长，也许只是个“前辈”。

回家后，我专门上网查了查他们提到的那个广场，发现那个广场是个商住楼盘。中年男子说的没错，是有那些家。因此我推断，他们多半是房产中介。那时是下午两点半过，两人来坐地铁，可能是一起去跑个什么业务吧。

银行里的两个女孩

在招行等人。忽听一女孩说："我爸挂了我的电话，又关了机。现在打不通，怎么办？"我抬头，发现是一银行职员在对另一个说话。

说话的这女孩脸微泡肿，略胖。听话的那女孩瘦小脸，身材也瘦。

两人打扮都是一样的，白衬衣，青色外套，齐眉刘海，脑后梳个发髻。

胖女孩站在排号机旁，对着瘦女孩说话。

瘦女孩正在大堂走动，转过脸听胖女孩说了这句，沉默了一秒钟，说："我给你个建议。"

"嗯？"胖女孩巴巴地望着。

瘦女孩面无表情地说："你还是回攀枝花上班吧。"

胖女孩一脸错愕。

瘦女孩继续说："省得这样操心。"冷冷地说完就转过身，奔到我身后的顾客那儿，详细地给顾客介绍新的一些业务。

"不知道你用过网银没有？现在我们推出的这个活动，只要你在网上使用三次，网银开通的成本费就退回给你了。"

"多少钱啊？"

"六十。使用过三次，就退还，很优惠的。"

"活动啥子时候结束？"

"送完为止。"

"我用信用卡开通就可以了？"

"不行，要用储蓄卡才行。"

她详细地讲解完，又东看西看，觉得那些有问题的顾客，就去搭话，跑前跑后地，带顾客去该去的柜台。

那边的胖女孩发着愣。忽然就有一个在前方填单台的老人在叫："你过来一下。"

胖女孩很烦躁，说："什么事？"

那老头说："你来一下嘛，这个我不晓得咋个填。银行这儿咋个写？"

胖女孩一点不动身，说："玻璃下面有样本，你照着填就行了。"

老头埋头找了半天，最后终于在环状桌的另一侧找到了样本，照着填完。他走过来，也在生气。他举着手上的排号单，递到胖女孩跟前，说："你看一下，是好多号？"

胖女孩愣在那儿。

"我看不到。"老头提高了声音。

胖女孩说："100 号"。

这时，广播里正在叫 99 号。

老头喃喃自语，说："那马上就到我了。"

瘦女孩前前后后地招呼了好些顾客，西闪正在柜台前更新资料，她前去问："你经常用这个吧？"

"是。就是最近上不去了。"

"你回去再试试，不行就重新下载个页面，就可以了。你这儿办完到我那儿来拿一张流程表，回去照着做就行了。”

我再仔细地看这个女孩，这个瘦女孩，并不漂亮，但精力无穷的样子，什么都在张罗，处处想得周到。

除了标准的制服打扮，我发现她有一点特别，她穿了一双很好走路平跟鞋。

如果穿高跟，肯定不能像现在这样前后左右地跑动。

里面出来一个穿同样制服的男青年。胖女孩冲着他笑起来，这是我第一次看见她笑。他并未跟瘦女孩打招呼，直接走向胖女孩，换下胖女孩。他对胖女孩很和气友好。

他也是相同的职位，站在进门处，排号机旁边，帮顾客做引导。

这个职位在银行里称为“大堂助理”。

昆明的人

这次在昆明，遇到好些有意思的老年夫妻，看起来都沉静恩爱有气质。 特别是在去的火车上，遇到一对原籍四川的夫妇，60 年代初大学毕业，分到昆明。 现在退了休，四处驾车旅游。 云南的山山水水都走遍了。 夫妇二人很健谈，跟同车的人大谈云南风物。 很有趣。

可能有一部分心理原因。 我觉得在成都的街头，经常看到的是不睦的老年夫妻，在超市占小便宜，插队的，风度尽失的老人。 但在昆明感觉很不同。

在街边我们常向老夫妻问路。 多数老年夫妻热心地指引着方向，不明白的时候，两人还亲切地商量一下，然后给我们一个商量的结果。

我猜想，可能在昆明很多老年人都如同我们火车上遇到的那对，年轻时一起到了这个城市，家庭关系简单，情感就更深切一些。

这次在昆明，见到街上走着最多的就是二十上下的年轻人。 这跟成都不一样，成都现在年轻人不多，中老年人多。 可能是计划生育的成果吧，加上很多年轻人都愿意向外走。 昆明街头的年轻人感觉是来自云南各地的。 听说，云南人不喜离乡。 也许是真的。

昆明街头的很多年轻人的气质跟老年人差距太大了。 长得大多也没有老人好看。 很多黑黑的，似乎没有受很多教育。 但同时也质朴。

他们三五一群地在街上逛着，热烈地感受着城市生活。

在南屏街街心坐着。轻轻松松。他们都喜欢逛街。坐在街上看街景，是他们的夜生活。

昆明的市民除了在街上的，更多的似乎都在翠湖边。

每天都有许多市民在这里喂海鸥。他们在旁边买一块钱的面包，然后撕成小屑，抛向空中，海鸥结群呼啸而来。

在翠湖中间的岛上，大白天都有无数的歌舞小组。有的在跳傣家舞，有的跳锅庄，有的跳交际舞，也有的跳不明所以的舞蹈。跟成都不同，成都的街头舞蹈，只限于清早和黄昏，那是老太太们用来锻炼身体的手段。在这里，参与者却男男女女，老老少少都有。那些男士也跳得认认真真，毫不马虎，跟女士一样，全身心地感受着舞蹈带来的快乐。

乐器演奏、演唱种类繁多。为了突出自己的声音，好多人自带了扩音器。

昆明是一个很有容纳力的城市。

在昆明，除了这些很业余的演唱和舞蹈，我们在街上还碰上不少有专业水准的音乐团队。在翠湖边遇到过一群玩鼓玩得很专业的年轻人，围在一起，打着有趣的节奏。周围是围观的市民。还有趁机来讨钱的叫花子。

也遇到不少卖唱的吉他青年。唱的却是有个性的歌曲。

有一天早上，我们在一个小广场买了饵块豆浆，坐在花台边吃。就听得一个吉他歌手在附近唱歌，唱的全是罗大佑、朴树、许巍等人的文艺青年的歌。吃完早餐我们把身上的零钱都找出来，去放到他面前的吉他袋子里。他抽空说了句谢谢，又继续唱下去。

我猜想，也许他不是本地人，只是个热爱音乐和旅行的青年，一路行走一边唱歌。

成都街头许久看不见唱歌的人了。我想，一方面是城市管理得严，容不得空地上有人停留，不能有小贩，也不能有歌手和流浪者。还有一方面，也许是成都商业音乐过于发达，许多爱好音乐的年轻人，很容易就进入歌厅酒吧去演唱了。但那样，也容易让他们失去热爱。所以，成都是超女的故乡，却没有街头的歌手。

昆明步行街还有很多盲人。他们分成两路，排在一小段步行街上面，面前都摆着一张椅子。他们是给人按摩的盲人。我看见有三个盲人牵着手，搭着肩，排成一小队，前面还有一个老婆婆带路，去洗手间。他们一路走，一路开开心心，笑着，和路人打招呼开玩笑。

很多年前，成都水碾河附近，也有过露天的盲人按摩。但现在这个城市的街道上，已经很难见到盲人。这个城市不知把他们赶到什么地方去了。

我们一到了昆明，就感叹昆明街头的生态活泼。除了上述的这些人群，街头乞丐也多。这也说明了一个城市的宽容。

昆明市民的和乐自在，我开始认为，这是一个贫富分化很小的地方，是一个幸福的城市。但一个傍晚，走在熙熙攘攘的街头，忽然听到巨大的一个声音。一看，是一个拾荒者，推翻了一个街边的大垃圾桶，整个人钻进桶里，还用一个小手电照着桶的底部，在那不多的垃圾里面仔细翻找着。

这是令我难过的一幕。

小城教堂

在谷歌和百度的地图上搜寻不到这座教堂。谷歌地图上显示只有一处叫做“天缘教堂婚庆”的地方。但一问当地人，都说，“哦，教堂啊，就在上面。”

公交车有一站就叫“教堂”。

我们去的时候，正是星期天的上午。我想，如果要看一座教堂的风貌，最好的时间就应该是这个时候。

巫山这座小城，三峡水库蓄水后搬上了陡峭的山壁，现在这座教堂，差不多已经处在了山顶。公车上的人提醒我们，已经到了教堂，但下了车，还是恍惚了一阵。

这里只有一座教堂风格的大建筑，两侧的门大开着，一边是席梦思床垫生产厂，一边是长安汽车销售点。正中的门上用彩纸糊了，顶上写着几个字“天缘教堂婚庆”，彩字上有图有文，说明着举行教堂婚礼的好处及联系电话。

我的第一个感觉就是教堂已经改作它用，没有了。彩纸糊住的正门上，还开了一道小门。我们推开门，迟疑地进去。我还在猜想，是不是会进入一个摄影棚。

进门后，眼前只有一条窄廊和两侧的楼梯。从侧梯上到二楼，一座真正的教堂展现在我们眼前。

正对大厅的走廊上，有一座彩色的西式雕塑，一位身着教服的老人牵着两个孩童。墙上用彩纸贴了几个字：“圣鲍斯高为我等祈。”

这时，听到教堂大厅内传来清脆悠扬的钢琴声。进到大厅，只见大厅空寂辽阔，明亮清洁。

正对的是一个大十字架。彩色的，上面是受难的耶稣。

大厅内，桌椅横向十几排，纵向四列。每组桌椅能坐六至八人的样子。大厅左右及后方三侧还有楼上回廊，上面也可站人。可以想见，如果这里满座，将是非常盛大的聚会。

但现在这些座位上，并无一人。

弹琴的是一位姑娘，在大厅前方，我们只能看到她的背影。她专心弹琴，似乎并不在意有无人来做礼拜。

这是一个晴朗的上午，阳光从高高的落地窗射进来，大厅奶黄色的穹顶显出一种西式的漂亮，跟杂乱的外街没有一点关系。

一个衣着沉暗的中年妇女拿了抹布进来，擦桌椅。她应该是这里的清洁女工。

我们退出大厅，沿侧梯向上，就看见两旁的白墙上布满涂鸦。这种涂鸦类似女厕所里的，充满了各种与情感相关的话语。有抱怨，有单相思，有憎恨，有失恋，有困惑，有祈福。

沿着这楼梯可至大厅二楼，继续向上，可至教堂顶旁的天台。

从小门出来，走到天台上，整个小城就尽收眼底。小城从江边码头上，一层层地叠加上来，从教堂天台往下望，看见的是灰乱的屋顶。但眼光平望出去，看见的却是极好的巫峡风光。

那是长江和大宁河的交界，苍翠的山峰由近及远地淡去，变成黛色。江山辽阔，天高云淡。

这座教堂，一定是中国风景最美的教堂。

三峡蓄水后，水位抬高了一百七十多米，当年的那座小城如今全在水下，不知当年的那座教堂，看见的景致和如今差别有多大？

很早我就听母亲讲过巫山这座教堂。她出生在这座小城，幼时患过头疮，家里人带她去过教堂，教堂的牧师为她敷了几次药，就治好了。那应该是上世纪三四十年代的事情了。

从天台下楼，又看见无数的白墙涂鸦，倾诉着情感心事，忽然明白，这也起了一种心理治疗的作用，跟宗教的告解、心理医生的倾听有点相似。不知这些情感涂鸦的主人是什么时候来这里，我看那些内容有的还是像连载一样，是连续几次写的。

再次回到大厅的时候，教堂里已经来了人。是四位老人，坐在空空的大厅里。

我悄悄地拍了张照片，就离开了。

附庸小资

小资早已多得滥市，谁知，后面还跟着广大的附庸小资的人们，把小资精英们逼得无处藏身。

我前阵子去了阳朔。那里是一个被小资们广为称颂的地方，只差一点点，就赶上小资圣地丽江了。但小资精英们早就警告过我，丽江现在也不是圣地了，丽江也堕落了，红灯笼早挂得满街满巷的。

这次去阳朔，终于明白了小资精英们的痛心疾首。

在阳朔西街上，看到一队队从旅行车上下来的人，穿着西服，胳膊里夹着一个公文包。呵，那是开会之余，单位组织的观光旅游。这些人，夹着公文包，在挂满旅游纪念品的街上探头探脑，显然，他们也在研究，咦，那么多人传颂的西街就是这样的啊。

西街上，有许多灯光暧昧的酒吧。据传，这里，就是艳遇频发的高危地点。傍晚，我看见一个酒吧门口的一张台前，坐着四位女子，一致朝外坐着，眼巴巴地看着来来往往的游客。看她们的神情，连我这个很迟钝的人都明白，她们是四个小姐。但厉害的是，她们的打扮不像别的地方的小姐那样庸俗，她们的打扮就像这西街一样，像真正的小资一样，是一种中西混合的波波风格。穿得巾巾吊吊的，披一块搭一块。

如果一个人，在阳朔没有找到向往中的艳遇，完全可以到这个地方来，进行一场付费的艳遇。而且，这“艳遇”，包装的真是很像艳遇。一样的布尔乔亚，一样的瞬间即永恒。

阳朔的人，都明白小资的价值。每家客栈的老板，都知道小资的命门在哪里。他们于是，都愿意在房间外加一个很小的阳台，并把这阳台作为卖点。有阳台的房间就要贵好些。我问他们，这阳台拿来做什么用啊？这么小小的，既看不见风光，又当西晒，坐都不能坐啊。老板们都说，呃，这是用来发呆的。

我猛然意识到，发呆，就是检验小资的唯一标准。

想当年，我的一个诗人哥们，办了一份全国最新锐的小资杂志，那时，就经常在卷首语上写些文章，其中，很爱出现的一个词，就是“发呆”。

不到十年时间，这“发呆”的词早成了小资们最喜欢的哼哼。你问一个人，你去某地玩些什么啊？对方如果说，不玩什么，就发发呆。那么，此人就是一个标准小资。

现在阳朔也这样。当小姐们霸占了酒吧当街的位置，小资们只好转移。

我看见一个小资女子，一个人，拿一卷书，坐在一间酒吧侧面的小阳台上。小阳台临水，所谓伊人，在水一方。画面甚美，佳人又无人可以唐突。唯一的缺憾，就是，那小阳台下面的小河沟实在太臭了。人们路过旁边的桥，都是掩鼻而过。

我们第一次过桥的时候，就看见那女子在看书。感叹了一声。两三个小时后，我们游荡回来，仍看见那女子在那里，动作都没有变。这下，我们不是感叹了，简直是感动。

小资精英活生生地被那些附庸小资的假小资们逼到了这个角落里啊。连发呆都发得这么有气味。

夜班公车

那是夜里九点钟左右，在 93 路上。从新兴的工业区往市里走。

一对老年夫妇上了车，老公坐下了，他示意老婆往前走，她便拎着个装得满满的购物车走到了橙色座椅那儿。那座椅本是特殊座位。为老弱者而设的。但没人起身给她让座。几个橙色座上都坐着刚下班的年轻人。车开了一站之后，她身旁空出了两个座位，结果一小伙子抢先坐下，坐在靠近过道的这个位置。

她请小伙子坐到窗边，她示意她的购物拖车不好放。小伙子说他一会要下车，不愿让位。她只好坐到靠窗的位置。的确不方便，拖车放在过道上，她得把手伸过小伙子身前，去扶住拖车。她对小伙子说："我到浆洗街下，你到哪儿？"小伙子仍无动于衷，手上捏着手机，可能是在读什么东西。她有些生气了，站起身来，大声说："你坐你坐，让你坐！"她站到过道上。

小伙子不耐烦地小声说："好嘛。"移到了靠窗的位置。老太婆背对着座位，没发现小伙子已经移了，就没立即坐下。另一姑娘马上插进来，坐到了空位上。老太婆回头才发现这一幕。她无奈地往前走了一些，扶住栏杆站住。

从正面看，这位老太婆大约六十多岁，穿得不好，一件松垮垮的黄色大外套，很旧了。脸上也是松泡泡的，黄黄的，眼袋很大，和脸上的肉一起向下垮着。

她的老公一直坐着，而她却拖个沉重的拖车。我很惊讶，觉得她老公怎么会这样。于是开始善意地设想，会不会是因为她老公身体不好，才让她这么辛苦。于是再细看她老公，却发现，她老公看起来比她年轻大约五岁以上，顶多五十多岁，气色要好很多，穿得也要整齐些。白衬衣套了件毛背心。比她显得年轻也许仅仅是因为操劳要少些。她老公的脸上，还有一颗突出的大肉痣，但整个人明显是健健康康的。

又过了几站，车里渐渐空了，终于有了过道边上的位子，她才坐了下来，扶着拖车。看她的表情，刚才的事早就过去了，她早没有生气了。我想，她在她的生活中，可能一直是这样，缺少尊重，她也不大要求什么。

我很少坐夜里的公车，平时所见这样的情况很少，老人孕妇一般都是上车就有人让座的。今天这趟车，坐的大都是下夜班的年轻人。可能一方面是太累了，另一方面是太年轻，不懂得体谅。

购书中心的少年

春节前的一天下午，在广州购书中心，碰见好些少男少女在买书。

在外国文学书柜，有两本我想翻看的书，都被一位十四五岁的少女先拿了起来。我很惊讶。这些都不是为青少年准备的书。她很好奇地翻了翻，读了一些，最终放下了。转到后面的外国文学柜，又看到她在翻书。她身后跟着她的父亲，还有一个小男孩，应是弟弟。最后我看她选了一本《我们街区的孩子们》，这是埃及大作家纳吉布·马哈福兹的代表作，并不是一本给孩子的书。

我一时恍惚，仔细看了她，没错，真是一个少女，大约还在读初中。不禁就联想起自己这个年龄的时候，真的也是喜欢读“大人”的书，喜欢那些给成年人的文学作品。

我听到一个女孩在说：“不是老师要求的，是我看语文书里面提到的。”我转头一看，是另一位十多岁的少女，在跟一位女人说话，旁边的购书篮，横七竖八的放着书，差不多已经满了。女人带着一个三四岁的男孩，少女一边用手去摸摸小男孩的脸，逗着他。女人也开心起来，应允她继续选购。

从一本书延伸开去，读相关的书籍。这是很好的读书方法。难得她这么早就明白这一点。

在散文柜，两个女孩在选书。一个说：“是这个名字吗？”另一位答：“不是这个名字，但这本也可以看。”我见她们说的是一本余秋雨的散文。“你还记得是哪个出版社吗？”“嗯，这儿没有。”“那我们换一家书店吧。”“好贵！我要破产了，就在这儿把这本读了。”要在书店读完一本余秋雨，对这些孩子好像很轻松。

我听到远远的一个男孩大声地跟他的同伴说：“这本书好，哗，四十五，我要破财了！就在这儿读！”

书架间的走道上，总是有少年坐在地上看书，特别是冷僻的书架间，坐着读书的孩子更多。书店的店员很不耐烦，不停地走来走去吆喝，叫他们不要坐在走道间。孩子大都听话地站起来，假装走开两步，等店员转过身去，重又坐下，继续看书。

诗歌柜前，一个女孩在跟母亲讲，老师让她们找席慕容的诗来读。

相比热情读书的少年，购书中心的服务显然要逊色很多，就像相比广州市图书馆读者的热忱，图书馆的管理完全跟不上。购书中心的书架分类问题多多，外国文学很少，相比前两年更是缩水许多，国内的作品多，但作品参差不齐，分类也凌乱。就我目力所及，这些孩子挑选出来的书，是相对不错的。

看着爱读书的学生，忍不住想起自己的少年时代。当时也有如此热情。但记忆中，却是没有同伴的。一个人在书店或图书室，一呆就是大半天。大脑就像一台兴奋又孤独的碎纸机。不会像今天见到的孩子，能够对谁分享：“哗，这本书好！”

在成都的购书中心，假期也有不少孩子，但状态跟这儿很不一样，他们好多是读那些专为少年儿童定制的浅显时尚读物。广州的孩子是真爱阅读，他们读的比成都的孩子深，读的往往是为成人准备的读物。

在广州购书中心，少年们大多说着普通话。很少粤语。估计在这样的氛围里，他们的语言自动转成了在学校的语言。

我不知有没有统计，广州人读书的比例比别处到底高多少，但肯定是多一些的。广州人在外地朋友面前，会骄傲地介绍自己的购书中心和图书馆。我去图书馆也会避开周末，因为周末去图书馆会排长队入场。我认为，广州人的公民意识一定和他们爱读书分不开。

斑斓混搭的小城澳门

以前很喜欢一款日本游戏，叫《空之轨迹》。里面的城市很小，但五脏俱全。有空港、海关、娱乐场、商业区、金融区、教堂、乡村、古迹、海滩、码头……在每一个角落都有事件发生。

我在澳门街头闲逛的时候，有一阵恍惚，觉得似曾相识。后来，猛地想起，这不就像《空之轨迹》里的小城吗?

这样的小城，最宜于步行。它的小街，收拾得干净漂亮，车道窄、人行道也窄，人多车也不少，但这样狭窄的道路，人和车都通行无碍，更教人欣喜。

我是一个特别喜欢在城市漫步的人。到这里，恨不能所有的出行都靠走路。记得刚到的那个晚上，在路上乱逛，想走回酒店，估摸着应该往高处走，谁知走来走去，都不对。于是，便找当地的人问路。澳门人十分热情给我们指路，告诉我们该如何上坡下坡，又叮嘱到了路口如果不清楚，再问一问。最后他们每人都有点担心，会说："很远的！"

走到酒店，我们发现，这个距离，对我们一点都不远。我们平时在内地混乱的大城市都步行惯了，这个精巧漂亮的小城，走个二三十分钟的路程，实在是很轻松的事情。

我想，当地人觉得二三十分钟的路程远，是相对于他们整个城市的。三十分钟，我们差不多要横穿澳门的本岛。

我想起一位朋友讲，他少年时候在老家，觉得要到城市的另一头太远了，自行车都要骑好久。现在回乡，随便走了走，惊讶地发现，当年觉得远的那个地方，已经轻松地走到了。

远和近都是相对的感觉。

在澳门的几日，每天我们都从酒店步行到最繁华的大三巴附近。这里的街道上铺着彩色的石块，越近市区中心，颜色越斑斓。就像引逗着人要往前走。在大三巴附近的步行街，地面呈现海浪的波纹，人走在上面，自然就升起欢乐的情绪。

路边的建筑也色彩鲜艳，果绿、鲜黄、粉蓝……当地朋友说："那些粉红的建筑，是与政府相关的建筑。政府部门之类的，外表就是粉红的。"

连政府部门都是粉色的，真是毫不严肃呵。

这种欢快的颜色，也像电子游戏里的色彩。

我最初觉得，这会是葡萄牙的色彩方式吧。后来，边走边逛，发现，这种欢乐混杂的色彩，并不止是葡萄牙风采，还有东南亚各国的影响。

就像这里的菜式。当地朋友请我们品尝地道的"葡国菜"。开始我误解这是葡萄牙菜，但很快发现这些菜口味丰富。会用到咖喱、椰浆、番红花、姜黄粉等等作料，或烘或焗，形成特别的重香料的风味。

我想起《深夜食堂》里讲到，日本的那不勒斯面并非来自意大利，而是日本人原创出来。意大利人在电视节目上看到这道菜后，到日本旅行，必然试一试这个"那不勒斯面"。这是个欢乐的典故。多元混合的文化，产生出一种奇妙的搭配。

这种混合，也像这里的文化。

到每一个城市，我都会好奇当地人在做些什么，想些什么？ 这次正好看到这里的一些艺术作品。 在澳门，艺术和生活相距并不遥远。我们在海边渔村散步的时候，会有些特别的物体跳入眼帘，那是艺术家留下的“地景艺术”作品。 走过市区繁华街道，抬头会忽然看见一匹纸马从楼上穿墙跃出，那也是一个艺术作品。 如果下次有机会，我很想去看看当地的艺术家，看看他们的作品和想法跟内地的差异。

澳门一定有它特别的审美趣味。 这是它的历史和地理位置决定的。 就像我们在街头看见的，他们的建筑、雕塑，以及市政建设的点点滴滴。

比如，他们有着好看的下水道盖子，充满幽默感的路标指示牌。

甚至连街边自行车停放点的铁栅，都有着复杂的雕花。

这些繁复装饰充满着一种天真朴拙的审美，如果它像卡通漫画，像的是欧洲的漫画，而不是日式的那种卡哇伊风。

我觉得这一定是跟宗教有关。 在澳门，到处可见不同风格的天主教堂。 那些建立于两三百年前的教堂，有的朴实，大多绚丽。 那些彩色的玻璃花窗，明媚漂亮。

在澳门，同时也有东方的各种寺庙。 妈祖庙、哪吒庙等等，会出现在闹市街角。 居民也常常供个佛龛在门口。

这些混杂的宗教，形成了一种热热闹闹的世俗之感。 我想，这种精神，最终影响了这里的审美和气质。

就像这里的居民，他们安守的生活并不太受旅游和赌场的影响。最热闹的新马路一带挤满了游客。 稍微远离中心的地方，就是本地人平稳安定的生活。

“威尼斯人”之光

我们一到澳门，当地朋友就建议，哪怕不赌，也去“威尼斯人”看看。

这本不在我们计划之中的。但听说了那别致的建筑，还是很有兴致，去看看吧。

结果，在澳门几天内，先是自己去，接着又陪其他外地朋友，去了又去。

一进门，满眼是富丽堂皇的装修。到处都是金色，雕塑、壁画、珠链吊灯，全都闪着光，你想得到的那些华丽的词，全都可以送给它。“珠光宝气”、“流光溢彩”、“美轮美奂”。

天花板是花的，地板是花的，墙壁也是花的。人在这里，有种晕乎乎的感觉。

接着进入赌场大厅，到处是灯光闪烁，人影幢幢。如果要拿我熟悉的场景相比，呵，倒像电子游戏室。当然，我明白，应该是电子游戏厅模拟这种大型赌场。只不过，电子游戏重要的是过程，而这里，重要的是一局局的结果。

那些赌桌花样繁多，有的发牌人端坐旁边，也有的是电子控制。大约会给顾客带来很多不同的体验吧。

玩的人也千姿百态，有的人是守着电子色子，看起来像玩电子游戏，也有的人聚集在牌桌前，看着发牌人操作，每当“买定离手”，眼巴巴地输掉手中的筹码时，就有服务人员飞快地滑过一个小车，卖筹码给顾客。

作为一个不赌的人，仅仅旁观，很有一种喜剧之感。 钱在这里不再是钱，人也不是日常所见之人，就像别的人瘾沉醉之事。

我看见一位赌客，非常豪爽，拿了一大堆颜色不同的筹码，在赌桌上押了一大片，各种数字，一大堆。 我想，那么大的面积，怎么都会中吧。

结果，一开局，中的偏偏是旁边的他没押的一个数字。

发牌员拿个长杆，一划，只听得筹码哗啦啦地一片声响，全都进了庄家的囊中。

这位赌客脸不变色，镇定地坐到另一桌上，开始另一种方式的赌博。 也许他只是想换一下手气，也许他是不喜欢刚才那一大堆筹码?

这是旁观的我难以懂得的事。

我听一位小赌过的朋友讲，当你真正赌的时候，便会觉得每一局都牵扯神经，喜怒哀乐，就像痴迷电视连续剧的人，旁人很难明白。

另一位喜欢赌的朋友，他讲的感受又不相同。 他说，这里破除了他对金钱的感觉，他第一次换了几千元的筹码，统统输掉，有一种“挥金如土”的豪迈，从此，不再为金钱计较。 从北京的远郊打个车到市区什么的，以前会犹豫一下，如今已不在话下。

我问他：“赢了钱更爽吗？”这是我等外行的问话。 他摇头，就是那种挥洒感觉最让他迷恋。

我在赌场大厅里溜达，也能看到像我这种白看的人，数量不多。多数还是坐在桌前聚精会神的顾客。

什么样的外形都有。有的明显是从很冷的地方来的。拖着行李箱，手里抱着厚厚的羽绒服。还没安顿好酒店，先就来了赌场。

甚至有一些打扮得像买菜卖菜的广东“师奶”。在澳门入关的时候，我就看到不少这样的妇女。排队的时候，等电梯的时候，用餐的时候，她们都大声喧哗。在这里，她们也是这个劲头，兴奋地互相招呼，就像这里是自己居住的街道。我觉得很好玩，估计她们都住在广东，老公外出，自己在家里闲得发闷，便三姑六婆的约着，到澳门来玩上一把。

大厅喧哗热闹，旁边还有好些安静神秘的小厅。那是专供大额顾客的。

在赌场逗留了一会儿，便觉得双眼发花，头脑昏沉。赶紧离开，上到灯光明亮的二楼。

离远一点，便知人发昏的缘故。赌场上灯光明灭，转换不停。光源无数，但都不算明亮。人的眼睛本能地不停地调适，久了，便精神涣散，有种半醉半晕的状态。

这肯定是赌场最想要的状态。

要提供一种纸醉金迷的感觉，让顾客沉醉，赌场才有最大的收益。

在连接酒店与赌场的，铺着红地毯的楼梯上，我不禁想起那些电影桥段。难怪会有很多人在拉斯维加斯结婚呢。也是这种晕乎乎的沉迷感，让人理性远离，头脑发热，不管现实是否合适，都要跑去结婚。

离开赌场，上到“威尼斯人”二楼，这便是人人都称道的“大运河”。在室内做出的威尼斯大运河，不仅有河道，有贡多拉，贡多拉的女船夫正引吭高歌。两岸的路灯、店铺，也很像露天的街道。最特别的是人造天空，靠灯光和视觉错觉打造出了黄昏时分。夕阳西下，华灯初上。在这里，人难免会恍惚，生出今夕何夕之感。

我幻想有一位常客，住在“威尼斯人”楼上的酒店，醒来下到底楼大厅赌博，累了，便到“大运河”两岸购物休息。永远停留在黄昏时光。洞中一日，世上千年。这才是真正的“纸醉金迷”。

当我走出“威尼斯人”，抬头看见蓝天，不禁哑然失笑。

一对比就发现不同。

真实的蓝天还是要美好很多，人工灯光模拟的是一场梦幻。

第三章　入　戏

她语录

“你们怎么都知道结果了？”她问我们。

当时我们正在茶馆里谈着一场球赛，谈得兴高采烈。她这么问我们，把我们问愣住了。

她说：“还没开始，你们怎么提前知道结果？”

看我们愣在那里，她继续解释：“不是今天的比赛吗？这是我最喜欢的球队的比赛，我昨天专门看过报纸，说是比赛在今天。所以我昨天睡得很早，准备今天熬夜。”

终于有人醒悟过来，说：“是今天，今天凌晨。其实就是昨天晚上十二点过的意思。”

她开始大呼冤枉：“呀，难怪昨天晚上楼下那么吵，我还很生气，我觉得吵着我睡觉了，原来是球赛啊。”

我们乐了个半死。她就是这么好玩的人。是我们的开心宝贝。糊里糊涂，全无心机，常有惊人之语，特别是她自己尚不觉得自己的可爱，更添可爱。

我们又聊起网上写博客的事。在座有人抱怨，天涯的博客链接只能有十个，搞得人不知怎么取舍。链谁不链谁，变成了难题。

她插进来说：“我本来也觉得不方便，现在我找到一个窍门了，我教你们吧：就是你打开页面的时候，点开收藏夹，把地址就收到收藏夹里了，以后就可以随时点开看了。”

这么一说，我们又愣住了。有人忍不住小声说：“原来，你以前看网页的时候都不是从收藏夹里点开的，是一个字一个字地录入网址啊？”

大家笑她，她也不生气，却说：“趁你们都在，我一直想问一个关于网络的问题，你们一定有人知道。我看有的人用MSN，可以在自己的名字后面写出他正在忙碌，或者暂时离开，或者外出就餐等等，我怎么写不来？因为写不了，所以一上网就被人逮住聊天，我也不好意思拒绝。”

后来有人拿出一本书，书上有一张照片，一个被称为美女的人，其实显得很俗气，完全谈不上美女，只是看起来比较泼辣。

大家传看了一遍，都不说话。她对我说：“这有点像某某的夫人嘛，当然比他夫人丑。”某某妻是著名美女，只是这泼辣感是有点像某某妻，我便点点头懒得反驳。

然后她就抬起头，对某某说：“我们都觉得，她像你老婆啊。”

大家晕倒，于是有些人支支吾吾地打圆场。我更晕，因为“我们”两个字，把我也给卖掉了。

有一对朋友正在为房子发愁，他们要卖掉旧房子，再买新房子。

她站出来说：“我最近帮着编关于楼市的杂志，对买房很有研究。时机最重要。这半年是卖房的最好时机，最佳的买房时机不是现在。是——”迎着那对朋友期望的目光，她说：“是前年。”那对朋友听到这种指导，就处于了迷糊的状态，问她：“那我们能不能乘时光机器回去买房呢？”

如同往常聚会，大家沉浸在她带来的欢乐之中。我却想起要记录她的语言，不使她的连珠妙语遗落，准备此后就以《她语录》记之。

超现实女友

机器兔讲起她早年遇劫之事。

机器兔不是机器，也不是兔子，是我的一位女友。

她说：当时，我拿到了毕业后第一次给别人当枪手的全部稿费。4000 多元。我觉得好多钱哇。于是到了我们那儿刚刚开业的最贵的冰淇淋店“青蛙家族”，买了最贵的一款冰淇淋，开始吃。有人在后面拍我的肩，问，小妹妹，你吃的是什么啊。我回头一笑，大声地说：“青蛙妹妹！”忽然一阵白烟，我就什么都不知道了，之后，也许不到一分钟吧，店老板拍醒我，说，小姐，你的包被人拿了。我出去一看，哪里还有那人的影子。我就哭了。

我听到这儿，马上叫起来，暂停暂停，你要的那款“青蛙妹妹”的冰淇淋怎么样了？

机器兔说，我在门口看了一圈，没人，就回到店里，把那款昂贵的冰淇淋吃了，然后走路去派出所报案。

机器兔对我笑，说，你真是了解我啊，给别人讲这故事，他们只有同情，哪里会想到那份冰淇淋的事情呢。

我觉得我是有点儿了解机器兔的，但也只是一小部分。

她的变化太多，多到让人难以捉摸。

比如，现在正流行的瑜伽，她早两年前就不玩了，去年她玩的是橄榄球，现今她正返璞归真，练气功呢。

我问她为什么这么多变化。

她说，当时她练瑜伽，每次都尽力按照教练的要求去做，做到极致，全身很疼也要坚持，所以教练总是拿她给大家做榜样，因为她总是满头大汗，满脸通红。她以为开始疼一下是自然的，谁知越来越疼，像骨刺，如针扎，最后实在不行了，去体育医院检查，才知道是韧带拉伤。

后来又去练跑步，想着跑步不会有事了吧。她每日在跑步机上跑上一个小时。慢慢发现脸色偏黄，生理周期也不规律，于是认为身体不好，更应该多锻炼，于是加大运动量，例假半年都不来，去医院才知道，原来是运动过量，导致孕酮（雌激素）过低。

后来练打坐，一开始两腿就可以盘上，虽然也疼，但她以为过一阵子就好了。结果她一直在跟自己的疼痛做斗争，疼得头晕眼花，哪里谈得上入定。所以现在改练气功了，练气功就是在休养身体。

我听她讲了这么多，便有些担心，你练气功也要小心哦，不要再像以前。

她打断我：不会的不会的，我现在严格地跟着 DVD 练呢，经过这些，我现在发现我还是有点莽（莽，成都方言，鲁莽，莽撞的意思）。

我笑得半死，说你当然莽啊，我一直知道。

机器兔说，咦，我原来还以为自己是挺精明的那种人呢。

我想起以前有个很无趣的北方人，看见机器兔一个人吃饭也要烧上个两菜一汤，便认为，机器兔是个很现实的人。我当时就反驳他，才说反了呢，为自己烧菜的女子才不叫现实，拿烧菜去别人那儿搞交换的也许才现实，像机器兔，只能叫做超现实。

当作家

我身边的女友，有越来越多的立志要当作家。

至少有 4 个。

对为什么要当女作家大家是能达成共识的。 除了成为社会名媛，名利双收外，更主要的是能一跃成为美女。 所以女友们有个宣言：成名要趁早。

糊糊就是其中之一。 糊糊的另一名字叫小糊涂仙。 由此可见她的性格。 但那天她大大地对我感叹，说："我现在终于明白了。"

"那天我和一靓女友去看画展，碰一老外，是靓女友的熟人。 靓女友的英语不济，于是我跟老外大侃西藏，侃得高兴。 靓女友的脸变了，我知道她觉得我抢她风头了，我想，别介，说不定靓女友指着这老外出国呢。 于是老外邀我们吃饭时，我巧妙地找了个借口溜了。 当时靓女友看我那眼神都透着感激。"

糊糊又说，你不明白了吧，我以前那样闹不清周围的事情，以至于大家都说我糊涂，现在能读懂脸色眼神，还特自觉。 因为我要当作家呢，所以现在特敏锐，锻炼观察力呀。

"后来我发现这都还不够。 我得有故事，有生活。 所以以前我这个特没耐心的人，现在很爱听人倾诉。 那天我在门口，跟一擦鞋女聊天，她给我讲她老公是个闲人，什么都不干，就花她打她，她要离婚，他就闹自杀。当然，为了听她讲这么多故事，我把我们全家的皮鞋都搬出来给她擦了，还包括冬天的靴子。最后听得我义愤填膺，拿了几十块给她，还握住她的手说：‘离，一定要跟他离！’”

糊糊问我，你有没有觉得我变得特善良啊？

我心里知道当作家是有好多坏处的。比如我再不敢对她们讲我的个人生活，谁知道哪天我的私生活就成了全国人民的消遣。我还很怕半夜接到她们的电话、邮件，要跟我讨论她们的小说，我看大作家的作品都口味刁钻，怎么对她们喝彩？如果你不喝彩，你又是安的什么心，对中国的文学前途不鼓励，不支持？我在半夜瞌睡的时候，很像别人酒后吐真言，总是忍不住就要说实话，可又知道乱说真是不善良。

但糊糊跟我讨论这个问题的时候我是很清醒的，我对糊糊讲的只有当作家的好处：是啊，当作家多好，善良啊敏感啊，一下子就变得这么女人味了。看来，我们的中学教育都应增加一门课，叫“当作家”。

色情的眼镜

女友们聊天的时候，忽然发现自己都错过了自己最向往的生活。

机器兔说，她觉得最好的就是那种在野外工作的植物学家夫妇的生活，两个人天涯海角地走，不用说话都心意相通，真正的神雕侠侣。

杨桃也说，她高考的时候最想报的专业是地质，她一点也不喜欢现在的专业，现在也证明，这完全是入错了行，唉，不该听妈妈的。她感叹。她说，她幻想的生活是两个地质学家的生活，两人走南闯北，研究那些石头啊山脉啊，不用与复杂的人际打交道。

大家觉得这也太不靠谱，提醒她说，杨桃，这个选择不好，如果你学地质，毕业出来到地质队，深山老林地窖，地质队就十来个人，选择面太小，未必能找到你合意的夫君，那时，才痛苦呢，你得先是个地质学家，再找到个优秀的志同道合也情投意合的男地质学家，然后再去走南闯北。

这个难度太大，杨桃也终于同意了大家的看法。

那学人类学吧，这个现在还来得及。有人提出了建设性的意见。

马上有人反对：在国外还行，国内的搞人类学的学风不正，好多导师都像骗子。

其实不单是国内，国外也有好多搞人类学的像骗子。

不过，也有很好的啊。排除众多的垃圾专著，垃圾文章，垃圾研究以外，我们也读到过一些精彩的人类学著作啊，也有一些人类学家让人钦佩啊。

如果搞人类学研究，申请到一笔经费，奔赴一个目的地，用几年的时间扎下根……嗯，听起来是很不错。

糊糊说，我曾经看过一部国外的片子，是讲一对研究动物的科学家夫妇，他们来到非洲的一个岛屿，住下来。她神往地继续讲，影片开头的那十几分钟，完全没有出现过其他人，只有他俩，他们在沙滩上裸奔……总之，干什么都可以。

我们听了都在想，嗯，这个干什么都可以，恐怕不只是裸奔吧。大家听着糊糊的描述，都陷入了对伊甸园生活的神往。

糊糊说，可惜，我后来想，我还是过不了这种生活。我想，我离不开电。

大家七嘴八舌，说，电有什么要紧，在那里，日出而作，晚上是拿来睡觉的。有那么多鸟兽虫鱼花花草草要关心，肯定对电视啊电话啊都没什么兴趣了。没有电也行。

糊糊似乎想象到马上要去原始非洲了，叫起来：可是我离不开隐形眼镜！隐形眼镜需要经常换新的。

那不戴眼镜吧。大家说。糊糊反驳：不行，我的视力太差。

大家说，那就戴普通眼镜吧。

刚刚说完，大家就都想到了那个在沙滩上裸奔的画面。如果，一身上下，除了眼镜外，什么也没有，那这个眼镜岂不十分色情与搞笑。

看来，是眼镜这个现代文明的产物，让我们过不了我们向往的生活。

塔罗女巫

大家面对一堆花花绿绿的卡片的时候，忽然沉默下来。

这是杨桃带来的塔罗牌。

对于我们来说，是一种新鲜玩意。

塔罗牌是杨桃老公买给她的，她在家里已经操练了很长时间，今天应众女友的要求，第一次作为塔罗女巫正式亮相。

可问些什么呢？ 想到这个问题，大家一下就冷了场。

以前，我们是多么痴迷这些游戏啊。

那时，不管是扑克算命，还是各种测试小游戏，都是一帮女孩聚在一起的必备节目。 那时，我们有多少问题想问呀，那时的未来太迷茫，自己太想找一些依据，找一些信心。

现在问些什么？

问工作？ 自己该做什么，想做什么，能做什么。 大体都有了谱。只要一步步做下去，想得到的差不多也会得到，完全没有了悬念。

问情感？ 可情感上如果再没有其它可能，那还有什么好问的。

还好，我们中间还有单身一人的黄芽。

大家鼓动黄芽自己向塔罗女巫提出问题。

黄芽于是问："两个月内我能找到下一个男朋友吗？"

一抽牌，牌面上说的是能。

大家兴奋起来，黄芽单身了好长时间，没想到，下一任男朋友马上就要出场了。

我们其他人纷纷跳出来，要替黄芽提问抽牌。

问："是个大帅哥吗？"

答："是。"

"年龄大很多吗？"

"不是。"

"年龄小很多吗？"

"不是。"

"有很多钱吗？"

"不一定。"

"很智慧吗？"

"不一定。"

"是个超级绣花枕头吗？"一个喜欢捉弄人的女友问。

"不是。"还好。

"这个大帅哥是圈内的熟人吗？"

"是。"

圈内还有单身的大帅哥？ 我们开始咕哝起来。 有人于是灵机一动，问："是老 K 吗？"

老 K 是黄芽以前的男友，两人纠缠不清，分分合合，拖了若干年，不单他们自己累，连在旁边的朋友们都觉得累。

塔罗牌的答案居然是肯定的。 说了半天，这个人居然是老 K。 大家开始起哄，是老 K 有什么意思，我们连讲八卦都没兴趣了。 黄芽开始乐呵呵地跟大家一起玩，看到这个结果，也沉默了。 碰到一段夹杂不清的恋情是最倒霉的事情。它会搅得你很难有新的生活，很难有新的希望。斩不断，理还乱。

幸好塔罗女巫杨桃及时地跳出来，继续对着一堆纸牌发问："黄芽除了老 K 的新男友会在半年内出现吗？"

"是。"

"他很爱黄芽吗？"

"是。"

"他主动追黄芽吗？"

"不一定。"

"黄芽要主动吗？"

"是。"

"黄芽是在公众场合认识他的吗？"

"不一定。"

这就是答案啊。大家开始给黄芽上课：你不能老是窝在家里了，你要出门，不要怕认识陌生人，对感兴趣的男人要主动……照着塔罗牌的提示去做，除了老 K 的那个人一定很快就会找到。

杨桃按捺不住自己的得意。又向那些纸牌提了个问题："黄芽是不是应该经常找杨桃来指点人生迷津啊？"

答案："是。"

塔罗女巫之容貌

我们用塔罗纸牌算命，很快就把旁边那些正在“斗地主”的男性朋友吸引过来了。

大约是他们听到了我们和塔罗牌这样的谈话：

糊糊问：“我是不是很漂亮啊？”

塔罗牌翻出来的答案是：“不一定。”

大家起哄，说，看来你的容貌是仁者见仁，智者见智啊。

塔罗牌的主人杨桃也问：“我漂亮吗？”

塔罗牌的答案仍是不一定。 塔罗牌原来一点都不徇私情啊。

其他几个女友也分别问过，塔罗牌都是这个回答。

大家纷纷说，我们问这么无聊的问题，塔罗牌一定都烦了，问问它还愿意跟我们玩吗。

黄芽灵机一动，问：“是不是因为我漂亮，所以你还愿意回答我的问题？”

这回答案居然是肯定的。

我们都在想，塔罗牌一定被这复杂的问句搞糊涂了，不知道该回答是漂亮呢，还是愿意回答问题。

这时，在旁边看了半天的杨桃老公终于也忍不住了。 他问：“我以后会秃顶吗？”

抽出一张塔罗牌一看。呵，还好，不会。

其他几个男青年也纷纷提问，问会秃顶吗，会长小肚子吗，会长胖吗，减肥能成功吗……

他们问的比女青年们具体多了，我们都暗想，看来，他们对外表的在意远远超过了我们啊。我们只是抓住塔罗牌，像那白雪公主的后妈一样，想不停地问，我漂亮吗，我是世界上最漂亮的人吗。当然，是不是世界上最漂亮的人还不是最要紧的，重要的是，是不是我认识的人当中最漂亮的人，是不是比我的好朋友更漂亮，是不是比谁谁谁都漂亮。

杨桃又跳出来问：“我烫了头会不会变得更漂亮？”大家都知道，杨桃为烫不烫发已经思想斗争了很久了。

塔罗牌的答案是：“不会。”

杨桃继续问：“那会不会变得很难看？”

答案是：“不一定。”

杨桃更迷惑了：“那我会不会烫头？”

“会。”

杨桃要翻白眼了，为什么啊，不会变漂亮我还要去烫发，说不定会变得难看，这样我还一定要去？

杨桃搞不懂这个逻辑，这太不理性了。不过大家都在悄悄笑，这就是杨桃嘛。

杨桃忽然问出了大家意想不到的问题：“你是不是嫉妒我？”

大家都饶有兴趣地想知道答案。结果是：“是。”

杨桃很得意：“你是不是嫉妒我漂亮？”

“不一定。”

“你是不是嫉妒我的智慧？”

“不一定。”

“你是不是嫉妒老公对我好？”

“不是。”

杨桃的老公按捺不住，抢着问一个问题：“我的老婆是不是疯了？”

翻出一张塔罗牌：“是。”

“我漂亮吗？”

糊糊最近大作出版，心情每天都处于激荡状态。

因为朋友们最近介绍糊糊总是说：这是新近出炉的美女作家。

其实这种说法还有这是美女编辑，这是美女记者，这是美女律师，这是美女工程师，这是美女同学，这是美女妈妈，这是美女老总……

但这些衍生的名称都不入糊糊法眼，因为传统说法只有美女作家一种。

所以糊糊现在被称为美女作家，才有特别的价值。

当然，她以前也没被称为过美女设计师，只听到别的同事被称过。

糊糊现在不一样了，有一天，她忽然乘兴打了个电话，给一个Q友。该Q友经常和糊糊在网上点头聊天，相约在网上斗地主，最近在网上一见就是叫道．“美女作家来啦！”

糊糊在电话里问：老Q啊，我漂亮吗？

老Q一阵沉默，最后说，没印象。又沉默了一会儿，老Q小心地说，你有事吗，我有点忙。

糊糊挂掉电话。好半天才缓过气。于是，冲到网上大喝：“我是美女吗？”

这一声石破天惊，她常混的坛子，一时没人应声，但十分钟以后，跟帖纷纷，大呼：美女姐姐啊——你当然是美女啊，怎么会对这事怀疑呢——

大家知道原委后，把那老Q一阵很批，老Q到今天为止，都没敢在坛子上露面。

我们都觉得糊糊这招实在是太厉害。

平时这些男青年左一个美女右一个美女地呼唤，真的问到他："我漂亮吗？我美吗？"他们一下子就吓得脸色煞白，气不敢出，只能落荒而逃。

我们开始设想周围别的男士们。比如，花痴阿多会怎么回答，他也许会说，呃，其实外在的美并不是最吸引我的地方，动人的地方不一定在外面。花痴阿西也许会轻松应对这种考验，他会不会说，你当然漂亮啊，你有一种其他人看不到的漂亮！半花痴泥巴也许就只能嘿啊嘿地笑了。如果碰到那刻薄的射手东，他会不会说，呵呵，你的衣服很美，你的化妆也很美。就好像那个著名的段子"书已拜读，纸张很好"。当然，也许更多的都还是会如老Q一样的老实人，假装失聪，假装失忆，假装失心疯……

我们讨论来讨论去，一致认为这是本年度最强的提问。这问题能把男士们一个个打回原形。本来都标榜自己是油腔滑调、饱览春色的风流才子、浪荡公子，这一下子就现出了他们原来还是撒不来谎，面对女子嘴笨舌笨的小男生。

女友们越来越激动，说，以后要寻哪个男士开心，就派个女友去问他这个问题。

可派谁去呢？糊糊一定是不肯了。她沉沦在巨大的失落里。知道此事的女友，也绝对不会再去向谁发问："我漂亮吗？"

关于母鸡的贞操问题

我花园里的那只小鸡，经过五个月，已经出落得油光水滑，亭亭玉立了。

当初为了将来能轻松面对它的未来，我想好了，不把它当作宠物，因此给它命名为“鸡肉”。现在五个月，鸡肉已经成为小母鸡一只。于是，我又在想，它如果生蛋给我吃，我要不要为它更名为“产蛋器”，这样，它吃米，我吃蛋，彼此健康长寿。

谁料，我才在网上一说此事，就引起了激烈的反应。

先是机器兔跳出来问：“咳咳，我问个问题你们别笑，你家只有小母鸡一只，它就还是处女，处女鸡可以自己生蛋吗？”

于是众女友齐刷刷地举起手来，说，是啊，我们也憋着这个问题呢。

糊糊马上采取狗哥方式，键入搜索项：“母鸡生蛋空格公鸡”，约有10200项查询结果。但出来的都是短信祝福或“先有鸡还是先有蛋”的证明。

此时杨桃，灵光一现，她说：“似乎觉得鸡蛋应该算卵子吧，那么应该是不需要公鸡的。可是，小鸡也是母鸡孵出来的吧？那么，公鸡究竟在什么时候偷袭了那卵子呢？”

听到杨桃的这个问题“公鸡究竟在什么时候偷袭了那卵子”，我笑得要坐到地上。

我这些书房中的朋友们啊，她们一定小时候都没见过别人家或自己家养鸡，当然更没看过公鸡骑母鸡。她们也感叹，哎呀，原来自己的科普知识太缺乏了。

也有个别女友知道答案的，但她就捂着嘴在那儿偷笑，不肯出来搞知识普及。比如某人就装成个乡下不识字的婆婆出来唬别人，说，“母鸡是无性繁殖的。”

糊糊带着这个问题去问某大报的科学版编辑，对话如下：“处女鸡是否可以自己生蛋啊？”

“当然。母鸡只是一个制造蛋的工具。”

“那公鸡呢？”

“公鸡是制造小鸡的辅助工具。”

这个问题好像已经搞清了。但杨桃是个很有研究精神的人。她联想到在菜市并未看见公鸡和母鸡的作风问题，而且连公鸡的阳具都不曾见过。那公鸡到底和母鸡是怎样结合的呢？是不是像鱼一样，母鱼生了鱼卵，鱼卵再等待受精机会？最后杨桃大胆地提问：“那这样，公鸡和母鸡有快感吗？”这问题搞得她夜不能眠，她查阅大量资料，悉心研究，最后在她的博客上写出了《公鸡母鸡那话儿》一文，真正从科学知识方面给予了大家最完满的解答。

另外一位女友从一农村婆婆那里得到了更牛的结论：“公鸡过世五天后，母鸡尚能生出公鸡的遗腹子。”

至此，母鸡的贞操讨论方告一个段落。

超级情调

黄芽是个超级情调迷。

对男友当然也会有很高的要求。

她的新任追求者胡豆完全了解她的心思，于是全副武装邀请黄芽出游。

去的地方是古镇黄龙溪。

游古镇，这已经很对情调迷的胃口。

游黄龙溪回来，黄芽给我们看他们在那儿拍的DV。

在古镇门口，打扮得很旅游的黄芽在镜头前笑眯眯地对着屏幕外的我们用普通话介绍："这里是古镇黄龙溪，古时候的人们每逢节日就从四面八方到这里来赶集……"

转到街上，黄芽指着楼上说："住在这样的古镇上，人们就是住在文化和历史里……"听到这里，我们略略有点晕，我们都知道，这个被开发成旅游胜地的古镇，只有游客是真的，其他都是假的了，建筑是水泥新修漆成仿古的，生活在里面的人也都是做生意的了。就是黄芽此时背靠的这根红木柱也是水泥柱伪装的。

再转到河边，黄芽又笑眯眯地说："这里的人们生活离不开这条河，他们在这里洗衣淘菜捕鱼……"

黄芽太像一个地方电视台的女主持在主持旅游节目了，我们看得目瞪口呆，心里十二万分的佩服。

以前我一直不知大家买摄像机是拍些什么，今天终于知道了。

我们接着看，就看到黄芽在河边茶馆旁支起了帐篷，那种小巧的橙色圆帐篷，黄芽伸了个懒腰，对着画面说："中午累了，可以在这儿小睡一下。"

就看到她钻了进去，然后画外就出现胡豆的声音："黄芽黄芽，胡豆呼叫黄芽。"

接着帐篷的门拉开，黄芽钻了出来，手上拿了一个对讲机，说："胡豆胡豆，黄芽收到。 Over！"

她的"Over"咬得很重，肯定是在提醒胡豆忘了最重要的切口。

我们转过头来问黄芽，你们就两人，真的还要用对讲机啊？

黄芽说："当然，我们晚上住在宾馆，各住一间房，不正好用对讲机吗？ 如果用手机多不合算。"

"那你们讲些什么？"大家都有点儿不怀好意。

"看电视可以约着同看一个节目啊。"黄芽应对如流。

这时，屏幕上出现了一个激动人心的场面，手持摄像机的胡豆递给黄芽一束鲜花。

一大把雏菊被一张报纸包着，感觉如同野地里采回来的一样，生机勃勃。

黄芽捧着花埋下头，深深地闻起来。这个画面好像外国电影啊。真是有情调啊～

画面拉近。

这时，我们几个都不约而同地看见那张裹花的报纸，下半截正是治疗不孕不育的广告。

观众们爆笑起来。

一起观看这感人画面的黄芽也发现了这个问题，尖叫起来关掉机器，说："我说了要英文报纸！"

胡豆就因缺少一张英文报纸，所有的努力都付诸东流。

人格假面舞会

从小十分向往假面舞会，那是因为一种小资想象。

《读者文摘》上看来的吧。

一个其貌不扬的女孩在假面舞会上显得格外出众，终于和心仪的帅哥搭上了话，跳上了舞。

还有外国小说或者外国电影上看来的。

戴上面具弄错了对象，不该在一起的男女勾勾搭搭，故事从此错综复杂。

有了这些情绪铺垫，就开始盼望参加一次假面舞会。

小时候是盼望了没有可参加的，现在其实大不了自己组织嘛，而且，翻开报纸都可以看见好多假面舞会的广告。 但忽然问题就来了。

戴个假面就不认识了？

看看周围朋友的啤酒肚呀，罗圈腿呀，身材可能比面部更有特征，谁不认识谁呀。

那如果参加一个盛大的假面舞会，全是和一群陌生人呢。 但既然是陌生人，戴不戴面具有什么关系，反正不认识。 当然，这对丑姑娘还是有意义的。

和两个女朋友感叹此事的时候，忽然就想到了，遮住脸其实没多大意义，改变了性格才会有趣，才会发生点什么意外之事。

我们开始设想。我们要组织这样的一个假面舞会，叫人格假面舞会。这些女朋友都扮演一个跟自己平时性格不同的人，然后再找一群不认识的帅哥来参加，好让我们在陌生人面前试试效果。

我第一个报名我要扮个飞女。我要很酷地染发，很酷很冷很挑衅地对待帅哥。

黄芽和糊糊则要争当荡妇。平时都做乖乖女，终于有个机会可以放肆一把怎么可以错过。于是要穿乱七八糟的衣服，化乱七八糟的妆，反正以性感为原则就行。

我们要把平时当淑女的束缚统统抛掉，我们要像想象中那样把男人迷个神魂颠倒。还说不定，我们通过这个晚会，会真正找到自己的定位。从此啊……

然后我们又有了新的问题：都去当飞女荡妇了，谁来扮淑女？名为人格假面舞会，连个最常见的淑女都没有，是不是太说不过去？

我们只好把扮淑女这个艰巨而光荣的任务，派给了不在场的杨桃。

这是一个两年前冬天的午夜，我，黄芽，糊糊三人歪在我家的沙发上做的这番狂想。而窗外的节日气氛正浓郁，各式各样的派对在城市里举行。

但是至今我们这个聪明的设想都没能实现。

因为，第二天，我们兴致勃勃地去找杨桃，她当即拒绝了我们的提议。

是呀，有机会面对一大群陌生帅哥时，谁愿意重重束缚地当淑女呀。谁也不傻。

录像带和两个婚礼

黄芽的妈妈本来并不想参加黄芽女友的婚礼。

黄芽的女友是小时就一起长大的玩伴，现在去了美国，回来举行婚礼。

黄芽的妈妈有三个理由：

首先，她没有合适的衣服。第二，黄芽连男朋友都没有固定的。第三，黄芽的妈妈自从离婚后，也是单身一人。有这三个理由，去参加别人的婚礼就是自找罪受。

当然，黄芽的妈妈讲出来的只有第一个理由。黄芽便拉着妈妈去做了一件旗袍。真丝的，蓝底白花，秀雅高贵。妈妈只好陪着女儿去参加了婚礼。

婚礼拍了卷不错的录像带。妈妈的身材真好啊，黄芽看着录像带由衷地赞叹。

这卷录像带被拷贝成了几份。两套留在国内，三套带到美国。

一个月后，黄芽的女友打电话来问黄芽妈妈的通讯地址。

再后来，黄芽发现妈妈变了。黄芽的妈妈变回了她的本名：甘露。

还是美国的女友向黄芽汇报甘露的变化。

女友拿着婚礼录像带回去给美国的朋友们播放，他们的朋友，一位中年美国男子，发现这场婚礼里最有魅力的就是那穿蓝花旗袍的甘露。他也开始拍摄自己生活的录像带，寄给甘露。

在几次录像带的交流之后，美国男子已经和甘露开始了热恋。

妈妈已经不再像以前那个妈妈。热情开朗，充满了朝气。黄芽和她上街的时候，别人会以为她们是两姐妹。

但大家私下认为，现在的甘露比黄芽洋气，会打扮，有气质，有女人味。

黄芽成为了甘露的私人摄影师。后来寄出的甘露的录像带都是黄芽拍摄的。

半年之后，甘露嫁到美国去了。黄芽说没有假期去参加甘露的婚礼。她是希望妈妈幸福的，只是好像幸福得有点让她嫉妒。

甘露也拍了录像带寄回来，很甜蜜的一个婚礼。甘露看起来十分年轻，比她那本来小十多岁的新郎还要年轻。

黄芽说，妈妈这一年已经五十六岁了。本来以为她会和所有的妈妈们一样，安静地等待晚年，操心儿女的婚事，孙子的成长。没想到，也可以因为一卷录像带有了一个完全不同的人生。

甘露的前半生是一卷录像带，后半生放映的是另一卷录像带。两部差异太大，几乎没有什么关联，就成了传奇。

甘露嫁到了美国，也对黄芽有改变。

黄芽有一个传奇的妈妈，自然也不肯随便相个亲就把自己嫁掉。

也因为再没有来自母亲的压力，黄芽安心要等一个真正喜欢的人，没有，就一直独身下去。

临时打猎团

姐妹们相约去打猎，组成一个打猎团。呵呵，当然，这猎物可不是被保护的动物，而是亚当们。

大家讨论得高兴。规划着今年的年假。

一个说，到青岛去吧，那地方的男人又帅又朴实，我们这么花枝招展的，去那儿一定出尽风头，还不把他们晃花了眼？

另一个说，到杭州去吧，那里特别有情调，有山有湖，当地人又风雅，如果能在那里遇上喜欢的人，谈一场恋爱，多么浪漫。

这次的话题比平时有趣。平时的主要话题是骂负心男人，骂有眼无珠的男人，哀叹好男人不知何处去了。骂多了，便也觉出了自己像个怨妇，但今天的话题就有建设性了。所以气氛特别热烈。

但谈了半天，最后还是没有什么定论。我的表妹给我转述她们这场单身女子聚会时有些不解。

我问她，如果去了会有些什么情况？

缩小了说，如果两个闺中密友，出门在外，出现一个帅哥，两个人该如何分？也许两人都尽力表现，也许两人都互相阻挠。如果一个遇见爱情，那另一个怎么办？可能一个形只影单心怀醋意，另一个庆幸之余心怀歉疚。

我的一个单身女友，曾经同另一单身女子周游欧洲列国。她回来后不停地赞扬，啊，那意大利帅哥啊，那西班牙帅哥啊。我问她，那可有什么艳遇？她说，一点机会都没有，同行的女子把自己看得死死的，随时跟着，一点机会都不给，她可能怕我跟谁好了，就把她撇下？早知道我就自己去了，本来还以为，两个人互相帮衬，更容易有艳遇一些呢……

在爱情面前，永远没有姐妹。

所以如果是因为缺失了爱情而组合在一起的女友团队，必将因为有人得到了幸福而分崩离析。

我列席过不少这样的失意女子聚会，这样的聚会话题最易褊狭。骂男人几乎是最主要的议题。如果有人表达稍微相左的意见，那马上就会被众女友教育。

其实每人心里还是暗暗希望，天上掉下个白马王子马上把自己从这个团队接走。

由于有这样的心态，这个团队就必然会有着奇怪的氛围。

我倒是赞成每个女人都有自己的一些女性朋友，因为女性朋友更接近更温和，最能给予心灵安慰，但如果是以没有爱情的名义来构成这个团体，恰恰不能提供心灵安慰。战友随时都会是对手。

性感瑜伽教练

这两年瑜伽热了起来。 现在我也对瑜伽产生的兴趣，却不是因为流行。

好些天以来，都听杨桃跟我们几个女友讲她的瑜伽教练。 杨桃说，那个男瑜伽教练身体无比柔韧，能达到她想象不到的难度，那真是无比性感啊。

杨桃是我们中间公认的花痴，她总是能赤裸裸地欣赏男性之美，这点让我们一干女友都十分佩服，于是也约着去练瑜伽，好见识一下性感男教练。

练瑜伽的第一天，糊糊就很不屑，因为她觉得条件实在是太不够档次了。 她说，这个练功的地方，没有自然风景，练功的地板、垫子都不好，她以前见过的比这个好多了。 她拒绝再练下去。 在糊糊看来，缺乏物质保障，这个教练实在性感不到哪里去。

机器兔对瑜伽教练的印象很好，她觉得他和蔼亲切，对女人有一种发自内在的热情。 她甚至开始猜想教练是白羊座的。

其实，这个瑜伽教练真不是我想象的那种帅气。 他长得普通，黑黑的，偏瘦，普通的个头，带大家练功的时候，显得很严厉，一丝不苟。 在场外的时候，虽然和气地对着大家点头微笑，话却不多。

来练瑜伽的都是女性，我想，也许有很多都是冲着这个教练来的吧。我以前听说过，有的健身中心，只要有几个好的男教练，生意就会格外的红火。这个好，不是指别的，是指帅气性感，让女人追星似地追逐着。

我听女友们讲过，有一个特别受女人追捧的男教练，走到哪个健身中心就能带火哪个健身中心，健身中心都愿意高价聘他，聘到他还喜欢把他安排到那种比较冷的时间段，以免练功场爆满。

我以前在健身房看过类似的情景，一个英俊帅气的男教练衣着简短地在台上领操，台下挤满了各种体型的女人，女人们可以说是摩肩接踵，哪能有多少健身效果。我当时就想，台上的教练看着这些形形色色的女人，一定已经到达色即是空的境地了。

现在这个瑜伽教练跟一般的健身教练不同的是，练瑜伽会有更多的交流。因此好像喜欢瑜伽教练的女人们似乎更有一种结交了私人朋友的感觉。杨桃和机器兔已经在计划请瑜伽教练吃饭的事了。

但他的严厉却让我感觉越来越不好。我喜欢的男性类型是那种对女人殷勤照顾，呵护有加的，这种在我练功的时候二话不说，走到我身后，大力地掰我的手脚，纠正我的动作的男人，让我心里越来越排斥。

黄芽一次在练功的时候，实在是做不到某个动作，停下来歇一歇，教练走到她的背后，呵斥她，说，你已经偷懒好长时间了，说着便踢了她一脚。

我和黄芽一样惊呆了。这堂课以后就决定不再练习。

杨桃和机器兔要继续下去。杨桃现在看教练也不觉得那么性感了，她承认，她不能对一个男人有持久的兴趣，现在她练功也就是单纯的锻炼身体。机器兔却真的和教练做了私人朋友，他们一起喝过茶，吃过饭。

我们也知道的确有学员是教练多年的追随者。跟我们一起练功的一个女人，已经跟了教练几年，教练开设的所有的班她都参加。因此，她每天都要到健身房报到。她在我们所在的这个班上，总是找一个离大家远一点的位置，教练要求的每个高难动作她都能做到位。教练有时就示意大家看她的动作。她也默契地把头顶在垫子上，人倒翻过来。

但是练完功以后，这个女人就默默地更衣离去，和教练并不说话。这种执著和默契，就像一个标准的单恋者。

人人都是心理医生

女友糊糊，两年未见，忽然当起了心理医生。

两年前我最后见到的她，刚刚经历了一段不幸的婚姻。那时，她抓住每一个朋友倾诉，反复追问，为什么是她，为什么是她，为什么是她？

大家面对这种追问，有如面对终极追问。没有人能回答，便只好逃避。我记得我以及其他朋友，都小心翼翼地对她提起过，要不，去问问心理医生？

现在的她，满面春风，张口闭口都是心理咨询，心理测试，一副先得道者欲度众人的模样。

我问起她是如何从病人过渡到医生的。

她原来两年前真去找了心理医生，发现心理教授不大坐诊，主要是开班讲课。据说，慕渔不如结网，求药不如学医。她报名学习，而且发现，这个班上有无数的同学，年龄也大多三十上下，未婚的少，失婚的多，得意的少，失意的多。

此后糊糊的双休日便都是在这班上度过的。同一个老师开设多门课程，糊糊和同学们努力奋进。两年下来，糊糊算一算，她在心理学学习上的开支，已经接近一万元了。早些悟道的同学，把投入早就找了回来。

我很惊讶，这样学一学就可以赚钱了？ 糊糊说，当然，有的学习半年就开始给别人搞心理咨询了。 我问她，这不需要资格认证的吗？这样听一下课，就当心理医生，也太玄了嘛。

糊糊向我透了底。 当然是要资格认证的。发证的是劳动局，跟歌手证之类的是差不多的考核，因为不是医疗机构发证，所以标准自然不同。 许多同学有了这个证以后，便可以正经设帐接诊了。 当然，有好多同学一边开诊，一边还是要到这个老师的班上继续学习，不然，那点东西怎么够用呢。

大多数同学都是什么都搞的，也有的同学要分门类，比如只针对儿童心理咨询。糊糊的性格一向老实，她说，她只做婚姻心理咨询和就业择业咨询，因为其他的事情她没怎么经历过，无法给别人更多的解释。糊糊现在学了两年，才开张行医，已经是最慢的了。糊糊最后透露，同学中，搞的最热门的是情感心理咨询，名曰情感咨询，其实是性心理咨询，说白了就是以心理咨询的名义谈些性的暧昧话题。

如同我们在国外的电影里看到的那样，心理医生需要一张舒服的沙发，其余的就是耳朵和收钱了。 糊糊现在在家中搞了一张这样的沙发，就开张了。 她的这第二职业，显然比她的第一职业有前途多了，她的第一职业，是公司出纳。

不久，在一个聚会上，我又见到了一个精神分析师。 这个精神分析师是大学一个搞精神分析的教授的外室弟子，跟着教授在外面的班上学习了大半个学期了。 他现在也成为一个精神分析师了，他一坐下就张口宣传精神分析的神奇作用。

因为有糊糊在前，所以我对这精神分析师也就不是那么惊讶。

忍不住还是好奇地问他，收费几何？

他说，他老师收得很贵，根据对象职业不同收费，最便宜也要一小时一两百元。 他收费便宜，只要一半，五十即可。

我看他面呈菜色，裤脚一高一低，心想，如果生意好点，他应该可以加强一下营养吧。

同学十年会

最近走到哪里都听到同学会。 似乎人人都在参加同学会。

黄芽因为早就转了行，和同学们早断了来往，黄芽以为她与同学会是无缘的了。 现在老同学忽然找到她，请她参加同学会，她都有点受宠若惊了。

黄芽专门去挑了衣服，挑了鞋子。 是那种鲜艳色彩吊带衫，有点卡通的夹趾凉拖。 据黄芽了解，这都代表最新风尚。

黄芽星期天如约前往那个度假村。 刚下车就看见几个女人正抱了小孩站在门口。 黄芽呆了呆，当然她马上认出来那是她的同学们。

女同学见到黄芽，马上亲热地跟她寒暄：孩子多大啦？ 黄芽平时以花花女子自居，以不结婚为荣，但仍怕别人问起什么孩子呀丈夫。她觉得真是百嘴莫辩。 以前那个深明大义的女班长接口说，其实女人应该在每个阶段做每个阶段该做的事，前辈的经验是有道理的，千百年都是这么传下来的，如果这么做，一辈子就会很顺利。 黄芽觉得自己一下子又变成了以前那个在班上不守规矩的坏学生。

她马上转身去跟男同学打招呼。 她以前就只爱跟男同学打堆的。

男同学见到黄芽也很热情，都说，呀，黄芽，你真是没变啊，还是十年前的老样子。 听这话黄芽很高兴，虽然她发现男同学们都变了。

男同学怎么大都西服革履大腹便便的，头发少了很多。黄芽看着以前班上最帅的帅哥，看到的却是一个白胖的公务员。

白胖公务员过来说，黄芽，我其实经常看见你。我回家要经过芳邻路，我常看见你和一些人坐在江边喝茶。黄芽暗想，我就算看见了你，肯定也没认出是你。

一件黑西装过来说，我陪客户去酒吧的时候也看见过你。

旁边的女同学都把眼光调过来看着黄芽。女班长说，黄芽，看看，你怎么会在茶馆酒吧出现啊，你去那里做什么啊？黄芽再一次感到时空错位，她想，她的这些女同学一定认为泡茶馆泡酒吧不是正经女人所为吧。

又一些同学到来，同学们开始新一轮的相认。女同学们互相恭维着，你的衣服真漂亮啊，你的头发真漂亮啊。黄芽这才明白了，自己以为自己穿得最时尚，其实众女同学不是这么认为的，看看她们的装束，抱了孩子的穿着比较随便，牵着孩子的大都穿又高又尖的黑色皮鞋，高挽发髻，妆化得很浓。她们一定觉得黄芽怎么穿得像学生也像小孩，很没成就感，黄芽觉得天啊，她们这么中年。

同学会下半场是打麻将。善解人意的女班长过来说，黄芽，我们班上还有一个男同学没有结婚，还有两个男同学已经离婚，你跟他们坐一桌打，谈一谈。

听了这话，黄芽落荒而逃。

一路上黄芽自我安慰，一边想着以前在班上算不上最漂亮的，现在绝对是最漂亮最年轻的了，看起来比她们小十岁都有，一边数着自己过往和现在的众多男友，怎么都比那些男同学更帅更性感更有趣。

小学脸

“A033号顾客请到六号窗口办理……”

我向六号窗口走过去。

新的建行大厅，干净明亮宽敞，短靴走在上面，倒影清楚地映在大理石地面上。

拖了一下软椅，我坐了下来，把卡递过去。

里面那身穿制服的女子伸手过来接，同时问我：你是姓西门？

我很惊奇。

我仔细打量那位女子：三十多岁，头发向后盘着，就是银行工作人员应该是的样子。

我的确不认得。

不过，我的记性是很差的，我并不能肯定是不是真的不认识她。

她继续问我：“你是不是在川师附小念的小学？”

我点头，但仍然茫然，我真不知道她是哪一位。

我说，你是？

她说，我是张小华。

愣了一秒，我说，啊，原来是你呀，你变化好大。

其实我小时候的记性还不算太差，我是越大越记不得人的。我记得那时候的张小华。

那个黑黑胖胖，脸圆圆的，憨憨的女孩。

可是现在这一位，是长长的脸，瘦瘦的，脸色白皙。我再仔细看，呵，只有尖尖的鼻子是她，那时，她圆圆脸上有个尖尖的鼻子很突兀的，哦，还有左脸有颗黑痣，以前很大的一颗，现在已经偏在一旁，毫不引人注目了。

我对她说，原来你脸圆圆的，胖胖的，现在变得这么瘦，变漂亮了……

她笑，大约她也知道自己变化很大。

她说，你一走过来我就认出是你了。

于是，我就开始嘀咕，原来，我的脸就一点都没变化，到现在还长着小学时一样的脸，一张小学脸……看来是从没经历过动人心魄的女大十八变了。

从银行出来，我直奔女友们的聚会，一到就跟她们讲述刚才所见。

谁知座中也有人有类似故事。比如杨桃的故事就更厉害。她说，有一天在街上，有个中年妇女叫她的小名，她觉得面熟，可是完全不知那人是谁。后来，对方说，她是她幼儿园的老师。

大家啧啧赞叹，呵，杨桃这个更了不得，原来杨桃长着一张小班脸。

沉默在一旁的胖胖忽然把钱夹子打开递给大家。原来是一张老照片，呵呵，黑白小照上的胖胖正咧开嘴笑呢。笑得十分可爱。看得人顿时想去掐一把那小胖脸。一定肥肥厚厚软软啊。

大家说，是啊，胖胖也是跟小时候很像呢。胖胖说，不是跟你们说这些，我是想说，我几岁就这么胖了，然后我妈妈就安慰我说，别怕别怕，爱吃什么还是吃什么，女孩到了十几岁自然就会变的，到时你就会抽条长个，自然就瘦了，身材就好了……然后我就一直在等女大十八变，一直等到了今天。

人人都要一点安全感

阿多过生日，喝得半醉的时候说：哪里去找一个给我安全感的女人啊？

我是不喝酒的，所以这时格外精神，忙说，有的人认为依人的小鸟有安全感，有的人认为强壮母爱型才带来安全，你所谓安全感指什么？

阿多说，好好的就能安全了，现在怎么没有这样的女孩了，我那天给谁打电话，她居然和我说普通话，你说好好的不说方言说什么普通话，要知道世界上每消失一种语言就是消失一种文明消失一种思维消失一种生活。

阿多说了半天我也没明白他是以温顺为安全还是以强壮为安全，不知是他想得不清楚还是喝了酒口齿不清楚。

不过，男人也要安全感，我这是头一次想到。

以前和女友们讨论过安全感的问题，还讨论的不止一次，可能我们都有点缺乏安全感吧。

身上没带钱出门就没安全感，心里就会慌张，身上钱太多了当然又会紧张……这些是女人共同的地方，但看异性就有差异了。我和我多数的女友一样，如果相处的男性宽容大度阳刚甚至有点大男人主义就会感到安全，但总有个别的女友不同凡响。我的一个特殊的女友，说如果男人是我们所说的那样，她就会特别不安，哪怕这只是一个普通的同事，她喜欢安静腼腆的男性，如果她看见一个男性羞涩脸红她就会心跳不已，这样的男性才是让她有安全感的男性。

不过，更多的时候情感上的安全感让位给了生活上的安全感。

我的一位好友，在广州办一份女性杂志，她设了一个栏目就叫“安全感”。看到这个栏目的时候我眼前一亮，觉得真是好名字。后来又想，这个栏目可能是在广州才会想得出来。

我有一段时间生活在广州，觉得极度缺乏安全感。当时老是听说这个熟人手机又被抢了，那个同事又被拎了包。最恐怖的是一个熟识的女孩走在街上，被人拍了头，醒来发现包没了，但最重要的是赶紧去医院做头部检查。

广州的女友们于是互相叮嘱，不要穿得太招摇，最好穿得像个学生，不要在身上带很多的钱，不要在大街上打手机……于是，在那个夏天我这个粗心大意的人变成了一个谨小慎微的人，走路的时候要走里边，如果后面有人跟随，要停下来等他们走到前面去，过天桥是最紧张的时候，因为听说好多人被拍头都是在天桥上，所以如果打车都避免不了要过天桥，那就一路小跑。

广州本来是我极喜欢的一个城市，有着让我陶醉的浓郁的南方调调，但那个漫长的夏天都被我这种惊弓之鸟的心态破坏了。夏天还没最后过完，我就从广州跑掉了，我要去一个我可以把握的地方。

前阵子，女友杨桃很想结婚，可现在她说她还想自由两年。问她为什么要变卦，她说，因为她租到一间好房子，好房子让她觉得很安全，所以她不用再从男人那儿找安全感了。

女人都可以从换城市、换房子来找安全感，不知道阿多他们能不能靠换女友找到安全感。

全体水瓶学天蝎

在一个著名的星座网站看到一个说法，当爱情面临竞争的时候，众多星座都会有精彩表现，独水瓶最衰，水瓶座的人会远走异乡，之前最大的反抗就是诅咒了一句：“这对狗男女会有报应的。”

想想自己，也想想周围的水瓶座，觉得这个对水瓶座的评价虽然很恶毒，但也真的很准确。星座网上说，在众多的星座中，天蝎座是最厉害的，对情感执著追求，决不放弃，而且很有办法，成功率极高。于是，我们“水瓶三人党”，邀来朋友的朋友天蝎丽向我们传经送宝。天蝎丽是个漂亮的女天蝎，她讲起了她十多年的情感故事。

天蝎丽还在读大学的时候就爱上了她的白羊老师，那时的她单纯执著，老师也很被打动，但相好之前老师做出了声明，他是不能离婚的，虽然和老婆早就没感情，但为了孩子，得凑合下去。当年的中年男子都是这样的思维。天蝎丽的确很爱老师，她提出要等白羊老师，但白羊老师却摇头拒绝，所以大学一毕业她就乖乖地分了回去，然后就和一同学结了婚。

谁知十年以后，像那些以前不敢离婚的人都开始重新组合一样，白羊老师也离了婚。消息传到天蝎丽那里的时候，天蝎丽马上离了婚，来到白羊老师的城市。可天蝎丽得到消息还是晚了，她来的时候发现白羊老师作为一个钻石王老五，已经淹没在众多的追求者当中。

天蝎丽向单位打了辞职报告，在白羊老师的城市找了朋友的房子住下来。她面对挑战充满了信心。

一天，她去白羊老师家里聊天，发现白羊老师颇不平静，很快谜底就揭开了。一个女人拎了菜上门来，天蝎丽一下就明白了，这是一个对手。那女人看看天蝎丽，看看白羊老师，一副女主人的样子说：“老白，今天想吃什么？”白羊老师头都大了，说：“随便随便。”那女人便穿上围裙，坐下来择菜。

这时天蝎丽大无畏的本色方现：她进了白羊老师的卧室，先是理床叠被，接着打开衣柜，把白羊老师的外衣拿出来烫了一遍，袜子理了一通，最后把贴身内衣都拿出来熨烫。

那对手自然败阵而去。而天蝎丽则越战越勇，凭着年轻漂亮，执著勇敢，最后击退所有的敌人，钓得金龟。更妙的是，花心的白羊也从此收心，跟天蝎丽十分恩爱。

听罢天蝎丽的故事，我们这“水瓶三人党”嘴都张大了，对天蝎丽十二万分的佩服。大家连连赞叹，但互相看看，都从彼此的眼中看见了逃跑的神色。

执著是学不来的，水瓶座有这个自知之明。

超强八卦能力

我和我的八友，我们只在网上见面。

因为我们根本不在一个城市。

我们在 MSN 上一见，打的招呼，就是："嗨，有什么好八的？"

比如今天，我说："你们那儿的玉女某某听说交男友啦。"

她说："那可是新闻。 是谁？"

我说："我也不知。 还在调查中。"

她说："哦，那我去查问查问。"

她的 MSN 显示变成忙碌状态。一分钟后，她说："没有人知道。"

她的八卦来源广泛。 她的MSN上的八友名单比我要长，所以一有任何消息，她都马上可以在网上求证。

她就像一个新闻中心，整合八方消息，再四处发布。

但今天这条消息因为没人知道，所以她便仔细打听。

我说："某某的男友大约是这个博客的博主。"于是我发了个地址给她。

她当晚在饭桌上，就对玉女某某说："听说你交了男友啦。"本来也就是一说，因为我跟她讲，这纯粹的捕风捉影，当不得真。

结果在饭桌上，玉女某某十分激动，脸腾地就红了。玉女追问："怎么知道的怎么知道的？"

这样，我的八友便坐实了这个消息。

这个消息之所以有穿透力，因为这玉女某某单身许久，有无数人动过心思，却无人得逞。

这八友被逼无奈，向某某招供："哪，别问我，我只知道这么多，去问小西吧。"

于是某某连夜约我上网，某某一方面还想知道，江湖上都知道了多少情况，另一方面，又想继续装纯情下去。我的八友也一同上网，想来个江湖论战。

于是我们三人在网上开了个房间，开始三国鼎立的局面。

某某说："你怎么会这么想，是他告诉你的吗？"

呵呵，原来，她是怕对方先说出去了这件事。也许这样就会变得被动了？

我说："告诉你吧。这很简单，不用谁讲。第一，他的博客上，我发现你们用同一个名字发言。你的讲话方式很难改变的。什么亲密关系会共用一个名字？第二，他的博客只链接了一个博客，一看，那博客就是你平时的博客的内容，但却换了个地址，换了个名字。换名字哪里是你的风格，只有存心想瞒大家，才换名字呢。"

我的八友这时补充："第三呢，是最重要的，是在饭桌上，大家一谈论，你干嘛要脸红啊，要追问啊。平时，你听到任何风声都安之若素的。"

玉女某某在 MSN 上也张嘴结舌，她平时可是最牙尖嘴利的。

我说："没想到你平时千帆过去皆不入眼，这次怎么会这么紧张、主动？"

她反驳："怎么是我主动？"呵，这更是招认了，我们说："我们更正消息，是他主动。"

我和我的八友恨不能在网上拍手庆贺，又一起成功案例。其实，我和我的八友，一定比娱记的八卦能力还强。我们的座右铭是："大胆猜想，小心求证。"当然，在朋友眼里，我们的方针可能是"万事万物都处于胡乱联系当中"。

机场艳遇

五十年前是火车，现在发生旅途艳遇的最好场所是机场了。

也许这只不过是个概念，让人想入非非。

在机场，一切都在来来回回，起起落落，转瞬间就是千里万里，关山相隔。多煽情呀。

这里没有旧身份，只有新面孔，完全是辞旧迎新心情。

前几日茱茱来北京，下了飞机就在机场等乘另一班机的女友。

茱茱从南方过来，衣衫轻薄，加上高挑的个子，拎个简单的行李，完全像是美国电影里的出行丽人。

要等半个多小时，茱茱百无聊赖，掏出手机，开始煲电话粥。

煲粥的对方讲了个笑话，茱茱顿时笑得前仰后合，如在无人之境。当然茱茱知道自己是在哪里，她眼角的余光早就看见有个人也在煲粥，那人注视着她，居然就忘记了对电话讲话。茱茱对电话笑完，抬起眼，对那人一笑。

那人移过两个位置，坐到了茱茱对面，递过一张名片。

那人长得像电影里的中年偶像，名片上写着留美博士，什么所所长之类。

那人得知茱茱在北京旅行几日，便约好要请她吃饭，给她做向导。

真是一个完美的旅途艳遇标本。

我的另一个朋友商羽在这之前到广州出差。

商羽曾是个情场帅哥，风流才子。

商羽在机场，排队换登机牌。人很多，队伍长。商羽只好东张西望。一看背后也有个人在东张西望。是个穿红色吊带背心的美眉。这一看，两人就忍不住笑了。因为穿黑T恤商羽和红吊带MM两人都戴了一样款式的墨镜。

在飞机上，两人的位置也是左右相连。见惯风浪的商羽完全明白吊带美眉在等他说话。可商羽现在早已不再做风流才子，他正在做传媒精英。商羽在两个小时的途中已经设想过了两人搭上话之后的种种可能，最后商羽心灰意懒，哪里还会付诸行动。

这样的旅途艳遇更像我们平常所能设想的，一半是可能性，一半在臆想中。

两天后的茱茱接到了中年偶像邀请，去吃晚饭。

茱茱心情不佳，便故意带了个不识相的跟班。那个跟班就是我。

中年偶像很意外，又不能没有风度，便说，没想到一下子认识了两个。

中年偶像本来很是想摆一摆阔的，大约人如果又有知识还又有钱是个很了不得的事，他便一再强调他还有钱。我们来的这家餐厅如何如何的高尚。

茱茱心情更恶劣了，忍不住便要粗声粗气。

一场艳遇就这样平庸地收了尾。

再回头看商羽，才知道我们平常人能消受的艳遇原来只能是在臆想中的。商羽都不轻易出招，久经沙场自有高明之处。

聪明人太多，傻子太少

朵朵自我评价是，做什么像什么，玩什么通什么。她的口头禅是：这世界，聪明人多，傻子少。

有一天阿西约她到送仙桥喝茶，正遇上送仙桥的集市。

送仙桥平时主要是店铺生意，古玩店啊，字画店啊，但每周三和周六，却是摊点的集市。很多小摊贩一大早就赶进城，在河边铺块红布，摆上零零碎碎的各色货品。比如线装书啊、旧档案啊、老照片啊、古玩啊，等等，以及各种说不出名堂的小玩意儿。

朵朵一边走，一边把玩，现在时间还早，阿西应该还没到。

忽然一件翠色玉佛就入了她的眼。

她拿起玉佛一看，旁边旧旧的，渗出淡淡的黄褐色。玉佛雕得好看，脚边还有漂亮的莲叶莲花。从这淡淡的黄色来看，应该是块古玉吧。这造型，这成色，啧啧！朵朵不动声色，向摊主望去。谁知摊主正毫不知情地看着一边，吧嗒吧嗒地吸着叶子烟，还吸了口口水，叭地一下吐在脚边。朵朵悄悄打量摊主，那摊主满脸风霜，穿一身旧旧的蓝布衣服，手也十分粗糙。

朵朵想，这不知是哪里钻出来的老农民啊。

朵朵说："大爷，你从哪儿来啊？"

老农民回过神来，说：“龙泉。”

朵朵说：“这个东西是哪里来的啊？”

大爷凑过身子，说：“前一阵子在土头刨的，现在农闲了，出来看一下有没有人要。”

朵朵心中大喜，觉得这不是古董界说的“捡漏”吗！ 朵朵说：“这个颜色太旧了，不好看，有没有好看一点儿的嘛！”

大爷歪着头想了想，放下烟杆，解开外衣纽扣，从内里掏出一个皱巴巴的纸包，打开，原来里面还躺着一枚玉钗、两只玉佩，两只戒指。只是颜色似乎更不好，比刚刚那枚玉佛还脏。

古玉啊！ 朵朵心中大喜，稳住表情，说：“大爷，这些颜色都不好看了，没得好大意思了。 这两个戒指倒是还将就戴起耍，好多钱？”

大爷用他粗糙的手把这些拿起来看一下，又放回去，说：“戒指你可能戴不起哦。”

朵朵说：“大爷，咋个这样子说呢，我诚心买你的东西嘛。”

大爷连忙说明：“不是不是。 我是说，这个可能大了。”

朵朵说：“大爷，你就这几样东西，还摆个摊子。 这戒指是大了，我戴起要掉呵。 干脆，你把玉佛卖给我，其他这几样搭给我好了。 这样子，你就可以回家了，等会儿收费的人来了，就收不到你的钱了。”

大爷说：“打瓜嗦，那还是要一千才得行。”打瓜是四川土话，是卖菜卖到最后，由最后的一个顾客全部买下来的说法。

朵朵说：“大爷，你农闲来挣个闲钱也太多了嘛。”说完，朵朵还是一副抱怨的样子，掏了钱。

买下这几件玉饰，朵朵得意非凡，心想，仅一件古玉，就至少值几十倍的钱。 当然，她不是要倒卖，而是要搭配上漂亮的丝带，配礼服用的。

到了茶馆，阿西已经在等她，他神秘地拿出一个纸包，说："小声点，看看，我买了个玉玺，是从个耳朵聋眼睛起蒙蒙捡垃圾的老头儿手头买的，他还不晓得卖了个宝贝给我。"

朵朵看着那张包玉玺的纸眼熟，忽然想起，自己刚刚买的玉，包装纸也是这种。忽然心头一亮，开始恭维阿西有眼光。

讲一讲江湖男儿

花花有一阵子很喜欢琢磨我。她问："你到底喜欢什么样的男人呢？"

我冲口而出："热情开朗，慷慨大方，特立独行，不受羁绊，对我要像个大哥，对朋友要忠肝义胆，一大群人吃饭也要勇于买单。"

花花说："这是新好男人嘛。"这是她现学的新词。

我说："不，是令狐冲。"

花花眨着她的大眼睛，不明白。她当然不明白，她一个法国妞，没看过金庸，当然不明白。

但这是一年前的事情了。现在花花虽然看金庸看得不算多，但在我的教导下也明白了个大概，数起金庸笔下的人物，一个个爱憎分明。

花花从欧洲来，一个有钱的漂亮小妞，名义上是学中文的，我却认为是为了解中国的男人而来。经她这么一问，倒提醒我，对她的教育应该从武侠小说入手，这样就简单多了。

"侠"这个东东，不为外人道也。看看那些不懂中国文化的人搞的武侠，要多可笑有多可笑。比如韩国的那部《飞天舞》，再如李安拍给洋人看的《卧虎藏龙》。

于是为了避免同样的问题，我先介绍花花读《鹿鼎记》。这部小说是武侠小说的终结者，但对于一个不懂的人来说，兴许可以倒着入门。花花的中文是过了关的，她说以后要搞翻译的，所以字面上的东西理解不难。她读《鹿鼎记》阻碍不大，读得笑嘻嘻的。读完这个我又让她读《书剑恩仇录》，这部小说也不大像武侠，更像历史小说，花花读来也没多大问题。

但花花却沉不住气了，老是追着我问："你说的真正武侠什么时候让我读啊？怎么还没看见那个令狐冲啊？"

我只好把《笑傲江湖》给她看，不出所料，她才两天就忍不住来找我，说，太难读了。首先是里面众多的人物，复杂的关系，莫名其妙的事件，让她头痛，更别说那辩证的正与邪的关系了。

花花确实读得很刻苦，她给我看了她做的详细的人物年表，写在一张大纸上，还画了很多道道，红的绿的，在人物名字中间穿来穿去。

我说："这还不算什么呢？那《天龙八部》，光是男主人公就有三四个呢。"

花花听得很感兴趣，于是我只好因材施教，对她进行了快速的武侠知识培训。先是对她讲述一下几个故事的大概，然后用星座理论分析里面男主人公的性格。

我说："你看，那郭靖就是典型的金牛座，性格朴实踏实，笨笨的，可是能成就大事，所谓笨人有笨福吧。这种男人在中国传统中特别讨好，妈妈们都想找到这样的女婿。段誉是一公子哥儿，很善良很温柔也很多情，见到女孩就献殷勤，很有异性缘，这不就是白羊座吗？萧峰生就一副大哥的样子，有很强的领袖欲，可功利心不强，能为理想舍身，完全的狮子座嘛。张无忌软弱善良，优柔寡断，双鱼座男人。至于令狐冲，你看像不像射手座？"

听我一说完，花花就接口道："快介绍段誉给我认识吧。"

入　戏

随着黄芽喜滋滋地向大家报告她的婚讯，老友们都长吁一口气，说："那好，现在，我们周围只有阿多、糊糊和机器兔单着了。"

不要误解这句话。

这句话不是替剩下的这一男两女担心，而是觉得，这三人，本来就该这么单着混下去。

黄芽跟他们不一样。

黄芽是恨嫁的。她总是处于要么恋爱要么恨嫁的状态。恋爱起来，情真意切，什么都不顾。一旦失恋，马上恨嫁，马上尝试各类相亲。其中艰辛，概不细述。

在情感无所归依的同时，黄芽全情投入工作，事业倒是风生水起，眼见着芝麻开花、竹子拔节。

就在这时候，第一百零一次相亲，真命天子现身。黄芽和他一拍即合，当即结婚，辞职，去了对方的国家，成为对方的好伴侣和好助手。

再反观前面所说的另外三位单身老友，正应了那些教育人要努力奋斗的老话，什么"不积跬步无以至千里"啊，"有志者事竟成"啊，"精诚所至，金石为开"啊，等等。

阿多和糊糊仿照《老友记》搞了个约定，如果到了四十岁，还各自单着，就凑成一对。其实，就我们所知，黄芽也跟阿多有这个约定。但黄芽搞这个约定，完全是激励自己，她才不肯嫁给阿多呢。她转头对我们说：混得这么熟的老友，到时，进了洞房，还不得笑场？

我们推测，这也成了黄芽恨嫁的原因之一。

但糊糊就不一样了。她现在也不想嫁给阿多，她采取的不是积极态度，而是过不久就抵赖，改口说他们约定的是六十岁。她说：如果六十岁都还单着，那就该找老伴了。老伴的最好人选，不就是老朋友好朋友吗？知根知底，互不嫌弃。

由此可见，糊糊是一点紧迫感都没有。她混啊混啊，天天的心思飘忽，一点没有不开心。工作也是花样频出，做了好些类型，新近又玩纪录片去了。

机器兔更是这样。

机器兔是有名的美女。如果你第一眼见她，觉得真是漂亮啊，女人味十足。可马上，就会为她的江湖气概折服，完全忘记她是位美女了。

这些年，她换了几任男友，但江湖上传闻得更多的是她换了好多个行业，换了好些个城市。去年，她还跟着一个慈善机构去地震灾区做义工，结果，发现那个机构有问题，有欺骗灾民的嫌疑。她便离开那个机构，反过来帮灾民讨公道。事情结束后，又留下来在农村生活好长一段时间，观察农民的生活，跟他们混得好熟。连村里的狗啊、猫啊，都混得烂熟。

正玩得高兴，忽然北京有朋友找她做事，她就马上撤了。干干脆脆，不带走一片云彩。留下我遗憾了好久，我正计划去那儿跟她混一阵呢，她说好了要罩着我。她不在那儿，我可不敢去。我是最怕狗的。

我们在网上聊天，她说：你还没给我介绍过男朋友呢。

我一听，正好有一单身实在朋友在北京，便让他们见面吃饭。

第二天，我便巴巴地在网上等待他们跟我汇报情况。那位男士无比幽怨地说：你的女友，漂亮是漂亮，但她来赴约的时候，已经喝醉了。

我是知道机器兔的，好酒能喝，豪爽得很。但赴约前就喝醉了，这也太厉害了一点。我明白过来，机器兔如果想找男友，哪里会没机会。不用帮她操这个心。她就高兴像现在这么东混混西混混。

话说阿多，其实也是这样。

阿多声称自己恨婚。不能用恨嫁这个词，阿多便生造了恨婚这个词。他夸张地去到处追女孩，但永远在怀念上一个离开的情人。他的心思飘忽更胜于糊糊和机器兔。

他写一会儿小说，又转去写诗，再跑去做杂志，最近又跑去做选美评委了。

他像一个好玩的故事，他像永不长大的男孩。我们总是说，因为有了阿多，就觉得这群朋友不会变老。

其实细细分析黄芽和这三位剩下的老友，会发现，剩下的自有剩下的道理，就像嫁掉的自有嫁掉的原因。

仿佛那句偈语："云在青山水在瓶。"

黄芽不管是工作还是恨嫁，都一股执著劲，而阿多、糊糊和机器兔，都是三心二意、晃晃悠悠的人，日子过得自由精彩，成为朋友间永远的话题。

第四章　笑　场

阿多其人

阿多原名不叫阿多，他叫过许多名字，后来，因为不断进入我和朋友们的文章，他的名字就固定下来，成了阿多。

在许多外地的读者看来，阿多就是成都青年的代表。他幽默、风趣，他喜欢世俗的生活，爱喝茶，好美食，烧得一手好菜，如果一个聚会里有他在，就会笑声不断，他并不讲黄段子，讲的笑话充满了机智和自嘲，这些，的确是成都青年的特点。同时，他聪明，对数字过目不忘，能随口报出若干电话号码，爱读书，只看一下书的前言后记就能跟人强辩短长，他写诗，也写小说，当过枪手，做过书商，也在报社工作过，最后报社受不了他的散漫作风，他受不了报社的死板无趣，一拍两散，做回自由身。这些，简直就是成都的文化青年的代表。

阿多进入文字，还有一个主要的原因，就是他的身上充满了喜剧性。

他热爱女性，对女性充满了爱慕之情，每认识一个女孩，他都有去追求的本能。但由于他身上的喜剧性，往往出师不利。朋友们看在眼里，觉得十分戏剧好玩。朋友们高兴了，阿多自己也会忘记忧伤，会再充满活力地准备投身下一次艳遇。这其实看得出，他重视友情胜于爱情。

这几年，阿多比以前安静了。他到现在已经写了三部长篇。

我还记得他第一个长篇，是个政法题材，里面的人物繁多，无法收拾的时候，人物就会死于非命。一部小说下来，好像死了四十多人吧。其实他的第二部小说和第三部小说就不是这样了，是写世俗生活。他越写越好，很世俗的题材，很通俗的语言，夹了市井的段子，很像他嘻嘻哈哈的性格，其实阿多内心是想在这小说中寄托文学理想的。

阿多这两年，流年不利，先是踢球踢碎了膑骨，再不能如以前一样运动，后来写长篇，自我禁闭在家，精神也大不如前，艳遇更是不可能。最近，网上连载他的新小说，不少女网友纷纷与之联络。基本是个网盲的阿多见到我，兴奋地说，呵，这下我也网恋啦。

详细询问，原来那些女网友，给他寄照片，聊 QQ，通邮件，发短信，还说要来成都见面，只是阿多通过这种方式，完全没有进入现实生活的感觉。我打趣他，是不是她们都把你当了主人公，她们只是来采阳补阴的，如果你没有进入状态，怎么叫做网恋？

我知道，阿多写完这第三部小说后，感觉自己被完全掏空了，一个朋友给他出的主意是，投入一次轰轰烈烈的恋爱，才能进行下一次创作。我觉得这对于阿多，还是个问题。

阿多的名言

阿多有名名言：如果此刻孤独，就永远孤独。

他说是里尔克说的，但我们觉得更像他说的。多符合阿多的心境啊。而且这句话很有杀伤力，一旦你哪天感到孤独，你会觉得无比可怕，一下子就永远了。

阿多长得精瘦，还有个认识：如果你认识一个女孩，在三天内上不了床，就永远上不了床了。他的食和性都这么饥饿的样子，让大家很接受不了，想起他在外面的形象也代表大家，更是来气。

阿多还有一个观点：一年之计在于春。如果你在 3 月份还没找到女朋友，今年就没戏了。因为春心萌动的女孩肯定都会在 3 月底以前被人抓在手里，剩下的女孩肯定都是指不上的，就好比舞会的一支舞曲奏了三分钟，能请起的姑娘都被请起了，后边剩的只会让你碰壁。

然后，在 3 月份阿多就疯狂出击。每天至少安排两场约会。

3 月 31 日那个晚上，朋友们一起玩，就想起了阿多。想起此时的他一定心急如焚。

就给他打电话，对阿多说现在进入倒计时，还有 5 个小时进入 4 月份。然后大家每隔半小时就给他一个电话，报时。阿多在科技大学跳完最后一场舞后，接到了我们报还有一个小时的电话。阿多着急地问：你们在哪儿？

然后他就赶过来，和朋友们一起迎接可怕的 4 月。

和朋友们在一起，是最后的选择。

阿多目击了一场婚礼

不光别人的饭菜香，别人的老婆好，别人的幸福也才是真幸福。

阿多在成都的麻辣烫摊上目睹了一场婚礼后，人生观都改变了。

麻辣烫在成都又便宜又美味，一晚上一人胡吃海塞也最多十几元钱。 成都人也好这个，晚上有的街边上百米的桌子都能坐满人。

阿多那天在街头的麻辣烫摊上喝闷酒，看见四五十人在旁边为一对新人举行婚礼。

这是少见的，因为这档次也太低了点，成都人还是很爱面子的。但除了这场地显得特殊，其他均和一般人的婚礼毫无二致，证婚人，主婚词，交杯酒，亲属讲话，新郎敬酒，新娘敬烟……

阿多一个人在旁边看得感动不已。 新娘在他眼里显得格外美丽，新郎在他心中更显得格外幸福。

第二天，阿多便兴奋地对朋友们讲，我终于看到什么是相爱，什么是幸福了。 多么朴实，又多么深情呀。 那家麻辣烫离好些大厂不远，我猜他们一定就是厂里的下岗工人吧。

由此，阿多打消了追求款姐的念头，改追工厂女工，他开始在工厂附近的舞厅、电影院门口徘徊。

不多久阿多的恋爱消息就传来了，真的是名女工，而且是工人世家出生。

约会不算多，但就进入了谈婚论嫁阶段。阿多稍有迟疑，女友马上就约不出来了，阿多只好拎了礼物上门拜见准岳父岳母。

后来便了无消息。

朋友间有几种说法：

一说阿多在女友家里大谈麻辣烫摊上的婚礼，被女方家中集体认为此小子胸无大志，不思进取。

一说是因为阿多在走进厂区去女友家时，恰逢工厂下班，高音喇叭正播着该厂工人守则：“……不许偷盗，不许偷盗工具，不许偷盗零配件，不许随地小便，不许随地吐痰，不许打架斗殴……”

从小养尊处优，受西方文明洗礼的阿多什么时候听过这样污辱性的话，怔了一下，脸红了一番，当下决心，从此不再踏入该厂。

庄少的完全装备

很久没坐过庄少的车了，今天，才发现他的车完全变了。

以前他的这辆越野车，是浅香槟色，现在是鲜亮的黄色。如果要到后座，得打开前门，翻下右前座，爬进去。车里很宽大，四周有些不明物体，那些挂着的筋筋绊绊的东西，大约是些佛珠啊，以及更稀奇古怪的，来自不同地域和民族的手工艺品。

庄少发动他的车，车直接从沿街的高坎上跨下来，像巨人迈开了步子。

然后庄少就拧开了音乐。呵，是迷幻的印巴音乐。坐在这样装备的车里，听着这样的音乐，感觉已经出发去流浪了——其实我们是去参加一个朋友家里的生日晚会。

我把这感觉说出来，庄少很得意。

作为多年的朋友，我太知道庄少了。如果女青年上了庄少的车，先是见到这鲜明的颜色，超酷的车身，里面那么多异乡色彩的玩意，就知道庄少是多么浪漫的人啊，还热爱旅游，去过那么多地方，有那么多见识，当然也有着无穷的话题……女青年先是觉得这个人真有趣啊，他过着自己想要的生活呢。接着，庄少开始发动他的车。庄少本来就长得很运动，高大威猛，然后轻轻松松开着他坦克一样的车子，在都市里横行霸道——那些再高档的轿车，都得让他三分，而且，从这车里看出去，真是所向无敌。我想，那些女青年此时一定会对庄少心生爱慕，觉得他好高大，好男人，啊啊啊——这时，就已经是五迷三道。

此时，再听到庄少打开的音乐，一定认为自己已经跟着庄少去流浪了……啦啦啦……

庄少得意地跟我介绍，他一共有三张泡妞王碟。这张算是最初级的一张了。

另两张是什么，你有没有小野丽莎？我问庄少。我这阵子正迷小野丽莎，想着她的巴西歌曲也很热情打动人啊。

小野丽莎？庄少被问愣住了。我才想到这个问题傻。那种软调调的靡靡之音怎么适合庄少，又怎么适合泡妞？如果用那种情调歌曲进入，那要泡多久才能泡上啊。

于是我赶紧虚心向庄少请教，另外最猛的泡妞王碟是什么？

庄少说，非洲音乐。

天哪，非洲音乐来泡妞，这太强了，那些野性的鼓点，一下下地完全能把人震晕，打成脑震荡，没了意识，只剩下心跳和呼吸……

想想都觉得很厉害，庄少真是不留余地。

想到这儿，拍拍心口，说，还好，是老朋友，不会着了这道儿。庄少也介绍，他也未必有百分之百的成功率，但对于女白领，成功率是非常之高的。因为她们才是最向往流浪向往自由不羁的人呢。

苍蝇蝴蝶梦

阿多最怕落单，但又常常是形影相吊，为了避免这一糟糕的情形，他只好随时拉着庄少。

周末，没有女朋友，所以他们去泡酒吧。这家小酒吧，人不多，但客人大都互相认识，所以也不显得那么寂寞了。酒又极便宜，啤酒5元一瓶，像小饭馆的价格，因为那种便宜小饭馆会被我们称为“苍蝇馆子”，所以阿多他们把这个小酒吧叫做“苍蝇酒吧”。

在这个周末，他们一如既往地在这里喝酒，庄少提议去科技大学跳舞，阿多说等一会吧。这时酒吧里进来了一群人。男男女女，热热闹闹。阿多和庄少羡慕地望着他们，心有所动。他们发现，那一桌热闹中，有两个例外。

之后我们听起阿多讲起此事，他说，在一个苍蝇酒吧飞来了一对黑白蝴蝶，真让人惊叹呀，从这个酒吧开张起，还没出现过这样的美女，当时，她们就坐在离我们一米远的地方。

阿多说，就那么一瞬间，他和庄少就爱上了她们。那个穿白衣的活泼可爱，庄少喜欢。那个穿黑衣的，成熟文静，阿多最爱。

他们不知如何去向她们表白，急得不断叫酒。终于，“白蝴蝶”起身出去。这个小酒吧，离公共厕所有一条小巷那么远。庄少一跃而出。

等他们回来时，就一起坐到了阿多身边。 阿多的眼都直了。 心里念着，“黑蝴蝶”怎么不也给他一个机会呢。 于是摘下眼镜，朝她频送秋波。

“白蝴蝶”透露说，“黑蝴蝶”是她的姐姐，要打动她还需努力。

半夜回家，阿多和庄少非常快乐，因为他们还算比较成功。 虽然没要到姐妹俩的电话，但送了她们回家，至少找到了她们所住的院子。阿多对庄少说，我们不要睡了，计划计划吧。

3 点钟，他们想出了一条妙计。 把今天晚上的奇遇写下来，找报社周末版的朋友发出来，买上九十九份报纸，穿上送报员的马甲，在门卫那儿打听到她们家的门牌号，敲开门说，“报社赠报。”等她们看到那篇文章，一定会感动得要死。

6 点钟，他们写好了文章，先把自己感动得半死。

他们深情地写了在小酒吧的奇遇，想入非非地写了他们如何相爱，最后忧伤地写下姐妹最终离去，因此庄少远走他乡，阿多潜心创作，两人在老年的时候仍回到那个苍蝇酒吧喝酒，而美丽的黑白蝴蝶再也没来过。

7 点钟，他们出门了。 阿多去找报社的朋友，庄少去蝴蝶的家门口守着。

功夫不负有心人，阿多和庄少不仅找到了蝴蝶姐妹，还在短短的几天里，关系稳步发展。 周末又要来了，文章发出来，真是锦上添花啊。 他们满足地想象着。 忍不住就把这篇文章先给她们看了。

谁知一看她们就急了，凭什么写我们为了钱为了出国就去嫁人，而你们在这儿忠贞不渝。 她们逼着阿多去把报社的稿子撤回来。 阿多厚了脸皮去找报社的朋友，朋友向他摊摊手说，没办法，都要印出来了。

报纸出来了，黑白蝴蝶也真的飞走了。

现在，阿多和庄少仍是每周在酒吧里泡着，只不过目标又是换了好几回。

多少二将

所谓多少二将，就是指阿多和庄少这哼哈二将。

阿多和庄少是从什么时候成为这铁杆组合的，现在已经没有人知道。只是知道现在看见他们一人的时候，另一个人多半正在向此处赶来。

阿多和庄少的组合真正发挥威力的时候，是绕粉子的时候，也就是泡妞的时候。

多少二将经常向我们描述他们的辉煌战绩。比如，他们上个周末，搞定了某报社广告部的全体美女。星期天，又到某大学球场，硬攻下一个寝室。

这些话，初听的时候，足实吓人。好多小朋友恨不能亲历现场，观摩学习。连我们中间像杨桃这样征战情场的老将，也要求多少二将什么时候带上她，比如，去酒吧的时候，她甚至可以另坐一桌，只远远地观看就好。

面对这些弱智的请求，多少二将自是置之不理。

多少二将是不是真正地不停地换女友，他们讲了很多，却不大肯证实给我们看。我们很少能看见他们的女友，大约他们是严格遵循不把女友带进朋友圈的原则。

倒是他们两人经常要互相掩护，互相配合，应付女友。这点我们是得到了证实的。多少二将把这叫做“打配合”。

杨桃有一天要找庄少，问一个事情。她打了手机过去，只听得那边是一个极低的声音在说，你是谁，找庄少什么事？杨桃如平常一样，大着嗓门说，阿多！搞什么鬼，我是杨桃！阿多大舒一口气，说，哦，杨桃啊，你好你好，我马上叫庄少听啊，主要是现在有美女追杀庄少，我要帮他挡驾。

这次，杨桃外地那个当小演员的漂亮表妹过来玩，顺便参加我们的周末聚会。多少二将当然闻风而来。

一来二去的，多少二将就占据了最有利的地形，把漂亮表妹夹在中间。

阿多说，我是看着你的电影长大的。杨桃跳出来说，阿多，你多大？我表妹才多大！

庄少说，阿多以前是不看电影的，当然，是不看国产电影的，唯一看过的电影，就是漂亮表妹演的那部。

杨桃有点不高兴，因为漂亮表妹除了广告片，还没拍过电影呢，这多少二将拍马屁也太没谱了。漂亮表妹笑眯眯的，不说话。也许她虽然小小年纪，却很有应付这种场面的经验。

庄少接着开始拍阿多，说，阿多啊，没想到你对电影的喜欢也是如此的有品位和专一啊，我就是从你平时的艺术品位来看，不用看电影，也知道漂亮表妹表演得多么出色……（此处省略吹捧二人的肉麻句子无数）

渐渐地大家都看明白了，原来今天庄少说得虽然更多，但显然阿多今天才是主攻手，庄少是一个造势的副攻手。

阿多最终拿出一本书来，说是他最喜欢的书，每天放在枕头边的，要送给漂亮表妹。

庄少很大声地抱怨：阿多，这本书我问你要了多久啊，你都不肯给我。

我们大家抢过来一看，是一本皱巴巴，脏兮兮的旧书，是一本关于电影的书，看那书的样子，一定身世坎坷，辗转过很多地方。哦，想起来了，就是周星驰的那部《喜剧之王》里的那个戏呆子尹天仇随时捧着的那本书。

大家抢着看这本书，笑倒一片，大家开始背诵周星驰的经典对白，漂亮表妹什么时候走的都不知道了。多少二将的行动，已经变成了一场属于大家的狂欢。

成都冷啖杯

我们盼望夏天的一个重要理由是冷啖杯。

冷啖杯是种叫法。在夏天夜晚的街边，各家小店就摆开了长阵，无数的矮桌小凳，小店卖着以冷食为主的小菜、啤酒和凉好的稀饭。这就叫冷啖杯。

散淡的成都人趿着拖鞋来到这些摊档，三三两两坐下，要几扎鲜啤，三四个菜，就可以消磨掉一个晚上，既乘了凉，又没多大花费，边吃边聊，肯定比泡吧更适宜成都人的心态。所以，我一直觉得冷啖杯是成都特有的一种情调。

但也不只是一种情调，它还是成都美食的重要构成。不少冷啖杯都是各有看家菜品，比如炒龙虾、炒田螺、卤鸭舌、卤兔头、拌兔肚、拌凉粉、红苕稀饭、菜稀饭等等，各店都有各店的妙处，所以我们常为了吃一个特别的口味会去很远的地方。

今年夏天我们第一次吃冷啖杯去的是玉林的一家小店。这家是我们每年都爱来的，最妙的是它的糖醋味炒龙虾，放了不少辣椒，油汪汪的红汤浸着红亮的龙虾，碧绿的葱和白的蒜点缀其间，香气诱人，虾肉鲜嫩，辣中透出酸甜。

人太多了，找了半天的位子才坐下，巧舌如簧的老板仍像去年一样朝着厨房大声地唱着客人们点的菜，来一个“优秀前蹄”（其实是炖猪手，别的店都只叫蹄花汤，到了这家店就有了这么有趣的叫法），龙虾炒鱼香味的，逮大个活的剥哦（让人觉得真实在）……

我们吃着去年一样的味道，喝着去年一样的酒，聊着一样的话题，细碎如抱怨工作，宏大到忧国忧民，感叹的是男男女女啊风花雪月啊，神思乱走，说完便忘。

其实在玉林这里还有个有趣的现象，在这个杂乱的露天摊档，在座的人也许同时有着大老板、下岗工、知名的艺术家……谁也不碍着谁，各有各的乐趣，但也许不少人都能琢磨点意思。

这不，那个在公用电话旁打传呼的女孩正在往我们这儿看，她是在琢磨谁呢。对了，一定是在看阿立。

阿立，那个女孩在看你呢。

会么？那个穿粉红小背心，脸上浓妆的女子？

她看上去年龄一定还很小，但打扮却老而俗艳，身材丰满，要爆炸了似的。神情执著，定定地盯着阿立看。

她等传呼已经很久了，她一点不着急，肆无忌惮地看阿立。发现我们都在看她，她也不急。冲着阿立就是一笑。

其实阿立和她这时不过一两步的距离。她说话了。

“哥，你是在哪儿抄的？”

这种江湖语法我们都不适应，虽然我们都明白她的意思是大哥是哪个地盘上的。平时跟女孩说话总是脸红的阿立此刻一定不会例外，好在这里光线昏暗。

阿立镇定地说：“我在东门上抄。”

我们都在肚里猛笑，阿立会这样扮酷。

电话来了。她一边接，一边还是在看阿立。接完电话，停了一会儿，看阿立没有再说话，才慢慢地走到另一家冷啖杯坐下。

阿多开始责怪阿立。你怎么能说在东门上呢，一听就不像，你应该说就在这边抄，你应该坐到她那边去，她对你有意思啊，你不要说你是学校老师，说是在外面混的，她一定会和你好的，你不应该让女人失望，不管是什么样的女人。

在阿多的指责下，在阿立的想入非非中，我们又消磨掉了一个晚上。

但肯定明天我们就都会把这些忘了，像前一个夏天那样，只有夜晚才有些胡思乱想，早上醒来，仍然是个朝九晚五的老实百姓。

爱情测验题

庄少讲起前任女友很有心得。

星期天女友打电话，庄少，庄少，我们去看话剧吧。

庄少还是愿意陪女友的，而且看话剧也挺高雅的。

才挂了电话，庄少又接到一个电话。

一个很磁性的女声，庄少，你还记得我吗？

太像一个圈套了，但庄少还是忍不住想掉下去，说，谁呀？

庄少，你猜猜。

庄少想了半天，不敢乱说。以前女友就有过捏了嗓子打电话来要庄少猜的事情，庄少当时就不知深浅地说出过好多名字，至今余波未平。

当然，庄少能肯定，这动人的嗓音可不是女友的。

庄少说，不好意思，这两天忙得有点晕。

那边善解人意地说，哦，我们在香港见过的。

半年前，庄少去香港参加过一个服装节的活动，天天都在见人，现在真是想不清到底这个动人的声音是谁。大约是模特，或者是记者？庄少只好说，你在哪里呢？

对方说，我来成都了，你有时间见见面吗？

当然当然，我们一起吃晚饭吧。

约好了地方，庄少想起给女友电话，说，哎，真不好意思，今天晚上我有个重要的客户约我，可能不能和你去看话剧了。

女友有点生气，说，本来我也想告诉你，那天你要我帮你约的某某长终于约到了，他答应今天一起吃晚饭。

某某长和庄少的生意有大关系，庄少一直想认识某某长，女友今天约到了当然是大事。庄少赶紧对女友说，那今天还是和某某长吃饭吧。

庄少忙又打电话给刚才那个香港的相识，说，真是不好意思，公司发生了点意外的事情，我们改到明天好吗？

可刚放了电话，女友的电话又来了，说，某某长临时有其他事情，我们还是去看话剧吧。

庄少犹豫了一下，说，那我们明天去看话剧吧，今天我还是和客户见面吧。

庄少再挂电话给那个女子，说，我已处理好公司的事情了，你在哪里？

那女子说，真是不好意思，我又已经约了人了，要不，我们另找时间？

庄少放了电话，自然觉得了一点遗憾，看看表，发现时间已经不早，忙又打电话给女友，说，我们现在去看话剧还来得及吧？

结果，庄少没看成话剧，也没了女友，再打那个神秘女子的电话，那个电话告诉庄少说，你女友说了，你的人生排序是这样的：先是事业，再是女色，最后才是爱情。

庄少把这个故事讲给阿多听，要阿多吸取教训，千万不要去猜想电话那头的事情，当然更不能相信。

庄少的桃花劫

庄少在晃荡了三十五年后，忽然结婚了。

结婚的对象，是一个二十八岁的女子，刚认识两周，就去登记结婚。

这个结果太出人意料了。

事隔一月后，两人还举办了盛大的婚礼。庄少的死党阿多那天忙坏了，据他说，他那天只有一件事，就是替庄少接无数的电话，安慰电话那头哭泣的声音，甚至还要在结婚现场维持秩序，以防有人来砸场闹事。

因为庄少曾欠下无数情债，他有无数个不结婚的借口，也有无数个不结婚的情人。阿多这天要帮庄少消灾挡驾。用阿多的话来说，这叫救火。

庄少结婚，是否真有那么大的效应，我们不得而知，我们倒是都知道，庄少是有过数不清的女友，只是我们都认为是那些女人认清了庄少的本质，把他甩掉的吧。

这样还真会有人在他结婚的那天来大闹一场吗？

庄少的本质其实就是，他远远不能在一个女友那儿得到满足。他往往同时交往几个女友，左欺右瞒，穿帮了闹翻了就再换。要维持这样的生活，不结婚是庄少的基本原则。

圈子里都很知道庄少的独特个性，所以圈子里是绝不会有女孩上钩的。庄少也很明白。但他除这一点外，是个爱玩，会玩的人，所以人缘也不算坏。虽然庄少不能在圈子里发展女友，但他有他的办法。酒吧，车站，学校，小饭店，商场，到处都有庄少捕猎的身影，加上他好运动，写诗，还会打扮，又勇于出击。水清也架不住多撒网。庄少到底有过多少个女友，是一个大家都不清楚的天文数字。

我们听到庄少结婚的消息时，想，这是一个什么样的单纯女孩，被庄少迷惑了，居然还敢跟他结婚。

后来阿多向我们发布内部消息：庄少的新娘十年前在一个小公司当打字员，那时是个眼镜小妹，她的上司就是庄少。庄少那时就是一个风流公子，每天有不同的女子到公司来找他。眼镜小妹景仰上司，可上司从不曾注意过她。十年后，在一个社交活动中，庄少发现一个美女，便去搭话，他说，我叫庄少。美女说，我十年前的上司也叫庄少。

这个故事太像小说，也不知是不是阿多杜撰给我们听的。

当然也许庄少感觉到这戏剧化的意味，才决定结婚的，人是愿意自己像小说一样，像电影一样的。

眼镜小妹把花花公子当思春对象，当然是有可能。十年后居然还要嫁给这花花公子，这有点让人不懂。不过生活往往就是这样，不合逻辑才是真正的逻辑。庄少以前不断出入情场的时候，万万想不到以前一个不曾看起眼的女孩在远方等着自己。总有一个桃花劫是躲不过的。

庄少有此劫，让朋友们很开心。

酷到死为止

我们的朋友卫老很酷。 卫老并不老，以前我们叫他卫老师，他也不是老师。

他只是很酷，我们觉得不叫他老师就是无视他的酷，后来他谦虚地把大家都叫老师，我们只好叫他卫老了。

这次大家去外面开会。 有个不了解卫老的酷的实习生，恰好和卫老同一间房。 实习生一到房间里就看见卫老拿了本书在深思熟虑。 书被卫老举在一尺开外。 实习生悄悄往前凑了凑，一看更觉得高深。 原来书是繁体竖排的。

实习生在房间，他永远只能看到卫老以这样的姿势坐在那里。 刚从校园走出来的实习生给憋坏了。 终于他看见卫老站了起来，走向了洗手间。

实习生蹑手蹑脚地走到洗手间门口，听到里边的卫老欢快地唱着："泉水叮咚，泉水叮咚……"

然后听到水箱响，实习生忙跑回原位。 只看见卫老严肃地走了出来，继续拿起那本书，面无表情。

会议的地点风景怡人。 一伙人发现了个清澈的人工湖。 大家高叫起来扑进了湖里。

有一个人没跳，那就是卫老。

只见卫老正缓缓脱去外衣，一丝不苟地做起了热身运动。大家一下水其实没坚持两下就都上来了，水太凉。这时才看见卫老以优美的姿势跃入了水中。

半天没露面。大家正要称赞卫老的水性。忽见他伸出头，举起一只手，短促地挥了一下，并说："嘿，救一下。"

大家笑起来，卫老玩笑也开得够酷。

但一会卫老又伸出头，照样来了一次：

"嘿，救一下。"

大家笑着看卫老到底要如何。

第三次卫老伸出头的时候，两只手开始扑腾，大叫："救命呀！"

大家这才明白原来是真的要救命，一起跳下水拉起了卫老。

大家心里都对卫老佩服不已，差一点就酷到死了，原来酷毙一点都不夸张。

但卫老被人救起表情有点古怪，想必是觉得没有酷到最后，内心不安。

辞职的人是幸福的人

阿立辞职了，在三月初开始了他的旅程。

去年的这个时候，我也在想着辞职。我觉得我一点点被我的工作榨干了，夜班，与世隔绝，除了单位的同事，再没有别的朋友，看着春天来了又看着春天去了，才发现自己连一件新衣也没有添置，因为没有心情，也没有展示的机会。

想着要一年一年地过这样的生活，我愁得不得了，念着要辞职。许多朋友觉得好像没什么正当理由，因为收入不算低，领导也不是不重视你。

阿立听说了，跑来劝我，再想想，想清楚再决定。

我对阿立讲了种种苦恼之后，说，你看，我辞职简直没有失去什么。如果我去广州，生活喧嚣，可以做个专栏作家；如果我去杭州，西湖边正好写作，可以做个纯文学作家。当然如果我到了北京，由于北京生存不易，没准只好嫁一个北京户口，说不定是出租汽车司机，说不定是首钢工人。阿立听得哈哈大笑，说，然后你笔耕不辍，终于写了一个二十万字的长篇小说，小说的名字叫《沸腾的生活》。

我对他讲，但是在决定我以后做什么之前，我将在全国做一番游历，北京、江南、广州我都要转一圈。

听到这儿，阿立说，你说服我了，这么好，当然赶快走了，像名言说的，失去的是锁链，获得的是整个世界。

其实我还没来得及满世界乱转，就去上班了，浪漫的计划只成了一个谈资。

这次和阿立一起辞职的还有冉燃，我们的另一个朋友，冉燃去了广州。

我听到朋友们离开我们热爱的城市总是很高兴，因为那个温暖的巢穴其实会一直耐心地等我们累了再回去。

这两天，听说阿立上路了，开始他对全国报业发展及城市生活状况的考察之旅，他计划的行程是从成都到重庆，再坐船到上海，然后从上海坐大巴到北京，再从北京飞往广州。估计此时的他，正在长江上看风景。

去年和我一起辞职的还有小你。小你在那时写的文章里就引用了海子的诗："从明天起，做一个幸福的人，喂马、劈柴、周游世界……"

可以相遇不可说

邂逅，当然是可遇不可求的。

朋友菜头不仅有这样的故事，还讲这样的故事。

那天是对我们三个讲，包括黄芽。 菜头感慨又得意地讲。

那时我还在念大学。 那年暑假结束，我坐火车回学校。 一坐下来就发现对面有双眼睛在注视我。 这是多美的一双眼睛啊，发现我看她，也不回避，还是那样旁若无人地看着我。

“啊，是一个军妹。”菜头讲到这儿，语气都不一样了。

我们饶有兴致地听着，知道故事来了。 他开始描述她的样子，反正就是年轻稚气水灵柔美之类的形容词。 “我相信我们的眼神已交流了很多。”菜头望着天花板，喃喃自语。

后来呢。 我们忍不住催促。

后来，一个声音惊醒了我们，我才发现她的旁边还有同伴。 两个男的，他们用眼睛恨着我。 而这个声音是从车厢那头走来的另一个军人，他对他们三人说，到软卧去吧，首长叫我们去。 另两个人欢呼起来去拿行李，而她还坐着不动。 她对那两人说，我喜欢这儿，要去你们去。 她又看了我一眼。 那一眼我永远记得住。

走过来的那个军人有点急，说，这是首长的命令。 她终于站起来，跟着他们走了。

我当时非常失落惆怅，觉得那是最漫长的一次旅程。

到校三天后，我去了城里的时尚街。忽然感到脖子一热，一回头，竟是火车上的那个小军妹在注视我，站在离我 5 米的地方。我们对视着，不知如何是好。

我是走着走着回头的，我的脸对着她，身体却还朝着前进的方向，我觉得这是多么不自然的事啊，那时的我，面对女性实在羞怯，我没勇气转过身来，我只好转过了头，继续往前走。我觉得她的目光一直在我的后背，我几乎忍不住要跑起来。可是我越走越后悔，但我更没勇气回头了。我相信，这是我一生的缘分，但两次都错过了。

菜头讲到这儿，还深深沉浸在某种氛围里，不能自拔。我们不说话，只是心中知道，菜头又笨了一回。他以前努力了那么久，人家黄芽本来已经有点动心了，听了这段邂逅情缘，他肯定又没戏了。

象棋爱好者菜头

象棋爱好者菜头是个赌运好的人，可从来在交女友方面是个呆子，但据说近日不同了，泡上了个漂亮的重庆女子。

那日菜头到重庆出差。三下两下就办完了事，菜头说有安排，便打发掉了重庆的狐朋狗友，一个人坐到了酒吧里。

如菜头所愿，酒吧里真有一个单身女子，一个人坐在角落里，烛光照着落寞的脸很漂亮。

菜头走过去坐下来，那女子没有拒绝，偏着头看着他。

菜头后来对我们讲，当时他拿出对弈状态，发挥奇好，妙语连珠，同时，也引出了女子的话。

她正好失恋，说怕一个人呆着，便来这儿看看别人的热闹。

喝了酒，菜头又邀她蹦迪，蹦完迪，她说她要回家了。菜头说，我们去吃宵夜吧，女子说她不饿，菜头说，可我饿了，我刚来重庆出差，还弄不清东南西北，你陪我去吧。

菜头后来说，他当时就是想着怎么把这女子叫到自己那儿，他觉得双方感觉都来了，可是怎么才走得到那一步呢。

那女子说，去哪里吃呢？菜头说，其他的地方现在有没有我也不知道，不过我想我住的宾馆旁边那几个不错的小饭馆多半还开着吧。

从酒吧到宾馆其实很远，菜头就像下棋似的走了一大步。

果然有一个小饭馆还开着，但只有面条了。

女子不吃，看着菜头。菜头端着一大碗面吃得无比的慢，他在想，成功近在咫尺，怎么将军，怎么才能让女子跟他去宾馆？

他说，这碗面我起码吃了半个钟头，后来我灵光一闪，想出了句绝妙的台词，终于让女子跟我去了房间，而且又情意绵绵不着痕迹，不让那女子尴尬。你们猜猜是什么？

一帮朋友都蠢蠢地猜了半天，菜头洋洋得意地说，当时我对她说，重庆的夜景其实非常漂亮，你身在重庆可能也没见过吧，我为了看夜景才特意挑选了一个21楼的房间，我们一起去看看重庆的夜景吧。

艳遇 78 和 79

不熟悉的人总是会对阿多由衷地羡慕。别人一生中的艳遇能以两位数计，就会非常满足，而我们的阿多不。他一年的艳遇都有望突破三位数大关。

那天阿多接到一个电话，说：“喂～（此符号表示音调曲折温柔），请问是王哥吗？”阿多当时正在开会，而且领导讲完就会马上轮到部下阿多发言。阿多此时面对这样一个声调动人的打错的电话，反应和我们这些凡人一样。“你打错了。”

但挂了手机，刚才那嗲嗲的声音还在耳边萦绕。阿多便有些失悔。“王哥”是谁？为什么我不是“王哥”？

阿多一路小跑出了会议室，翻看刚才的来电显示。一个不认得的号码。阿多拨了过去。

“刚才谁打手机？”“我呀～”听那边嘈杂的背景音，肯定是个公用电话。“王哥不在，我是他的弟弟，王小哥，你找我可不可以？”

阿多总是与众不同，三句两句就和那个嗲嗲的声音接上了火。最后两人约定在华兴茶楼的门前等。对方说，我穿一条绿裙子，很好认的。

散会后在赶往茶楼的路上，阿多又接到一个电话。是阿多最近正追的女孩小新。真是好运来了挡都挡不住。平时都是阿多对小新大献殷勤，小新总是很矜持。谁知现在小新主动来电话约去喝咖啡。

公正地讲，阿多还是很高兴，只是此时的他格外有克制力。阿多用遗憾而沉重的口吻说：“真不巧，头儿要让我加班啊。你先和朋友们聚着吧，我加完班一定赶来。”

阿多在华兴茶楼的门前耐心等待。20 分钟也没见有穿绿裙子的女孩，却接到电话：“你到了吗？王小哥。”“我到了呀，你在哪儿？”“我在门口的电线杆下面啊。”

阿多左顾右盼，站在电线杆下面的是自己啊，并没有什么绿裙子。他总共冲进茶楼 5 次，在茶楼门前马路找到了 3 根电线杆。40 分钟的时候，再没接到电话的阿多若有所悟，于是连忙赶往小新所在的咖啡馆。

一进门，就看见小新和一个他没见过的女友坐在一个角落。阿多终于发现，小新今天穿着绿裙子。

此时，两人正阴阴地对着他笑。

阿多在今年的第 78 次和第 79 次艳遇就这样结束了。

当天晚上，阿多和我们总结情况，说：好在现在才五月份，一年尚未过去一半。

笑 场

其实除了演戏有笑场，其他的时候也有，而且后果可能更严重。

那段时间我们一干朋友喜欢在一个茶馆里喝茶。花痴阿多那一阵情感空闲，所以也每个周末和我们一起喝茶。

第一个周末，阿多一坐下就四处打望。阿多的打望好比星探发现明星苗子，他四下寻觅可以泡一泡的美女。隔桌就有。这个茶馆好就好在美女出现频率高。

阿多蹭过去，发挥他的特长，开始跟那美女东讲西讲，话题不知怎么就讲到诗歌上去了。我们忽然听到阿多在旁边提高了声音，中气十足地朗诵起来："乘一艘慢船去巴黎……"很像专业演员的朗诵，像在电台里会听到的那种配乐诗－朗－诵。

诗挺长的，阿多一口气都背了出来，我们还是很佩服。可是，好像没有太大的效果，因为喝了茶我们去吃饭的时候，发现只有阿多跟着我们的，那个美女早就不见了。

第二个周末，阿多又迅速地在旁边发现了一个美女，然后我们又听见了"乘一艘慢船去巴黎……"第三周，我们也听了一遍。

第四周的时候，阿多跟我们喝茶。这一回，他吸取教训，把新发现的美女邀来和我们一起坐，看来这个美女对阿多也很有感觉啊。虽然坐在一起，阿多当然并不想和大家聊天，还是对牢那个美女讲话。

当我正喝了一口茶的时候，我忽然听见了那熟悉的声音："乘一艘慢船去巴黎……"我的一口茶就喷了出去。 全桌的朋友也憋不住了，开始狂笑。 阿多停顿了一秒，还是脸不改色地把诗朗诵完了。 可美女不知发生了什么事，如坐针毡地捱了一会儿，就告辞了。

当然，阿多事后很怪我，我也觉得自己不应该。

此后，阿多不跟我们玩了。 直到半年后，阿多和大家去春游。 想必是他听说了和我们一起去的有一个著名的外地文学美女。

春游真是好情调。 柳绿了，桃花开了，天又下着蒙蒙细雨。 大家知道阿多的心意，撺掇着阿多和外地文学美女共打一把伞。 在雨中款款而行，阿多和美女很入画的样子。

问题却出在了小米辣的鞋带。 小米辣是我们中的一大嘴女青年，开朗快乐，嗓门极大。 她的鞋带松了，她就停了下来。 正巧阿多和美女就经过了她的身边。 小米辣听到了一句话，先是笑得要岔气，站起来就向大家喊道："阿多说，我是无意中走上文学道路的……"

于是全体轰动了，大家乐了个半死。 原来阿多在讲这么土这么老套的话啊。

自然，言情剧又一次变成了喜剧。

阿多为了杜绝笑场，现在已经不当众泡妞了。

阿多的春宵

头一天，庄少就给我们讲了他最新的养生发现，他说："在春天，人就该遵循晚睡早起的古训，冬天才该多睡，要早睡晚起。"

冬天要冬眠，这个还好理解。春天为什么要少睡觉，这个就不懂了。

庄少给我们解释："春宵一刻值千金嘛，拿来睡觉多浪费。"

我们都恍然大悟，原来春宵是这个意思，马上觉得精神抖擞，泡吧泡到一两点也不困，不吵着回去睡觉。

第二天，遵从庄少的理论，大家又一起泡吧。

在春宵这个大概念下，阿多坐不住了。

一坐下，就说："哎，今天酒吧里的粉子好多。"

我们顺着他的目光看过去，今天酒吧里客人是真多，而且女客比平时多得多，可没看见什么美女啊粉子啊。

阿多见我撇嘴，忙说："我背后的，你正对的那个。"

我很茫然，我是看见那桌上有一个女的，三个男的。可难道是说的这个女的？

我忙向身边的庄少求证，是那个吗，你觉得如何？

庄少早就看过了，说："阿多是说的那个，那个哪儿美嘛！"

阿多很不甘，说：“你要仔细看看。”

我仔细看了也没用，我倒是看出了阿多的热切，于是说：“我们换个位置吧，你就好观察了。”

阿多端着他的酒，很高兴和我换了位置，这下，他便不用频频回头了。

阿多说：“她长得宽皮大脸的，好美哦。”

我说：“是啊，可我一直以为宽皮大脸是贬义词呢。”

阿多说：“她的声音好好听哦，是我最喜欢的那种。”

我和庄少等都皱着眉，竖起耳朵，一片嘈杂声。

阿多继续说服我们：“主要是你们没看见她开始走过来，去上厕所，她的身材好美，非常挺拔。”

正说着，那女子就真的从身边经过，我们所有的人对她行注目礼。等她买了单消失在酒吧的门口，我就忍不住大笑起来。我说：“阿多，这个不叫挺拔！”

庄少忍不住了，说：“你看看她穿了多高的高跟鞋！你看看她的小肚子！”

阿多说：“S型啊！”

庄少说：“反S！”

阿多对我们的反应非常失望，特别是对我失望，在泡妞绕粉子方面，我从来都是支持他的。

他说：“你们太老了。”

是啊，是啊，我们于是叫酒吧里的妹妹过来。十八岁的妹妹跟我们很熟，经常跟我们聊上两句。我们问她，觉不觉得那桌的女子漂亮。

妹妹也撇撇嘴，说：“不觉得，而且性格不好，经常乱发脾气。”

原来，这个女子也是酒吧的熟客啊。

阿多太失望了，说：“主要是你们没看见她的眼睛。她的眼睛非常迷人。”

是看不清哦，这灯光昏暗的酒吧。

阿多使出最后一招，开始叫酒吧的女老板鹃姐。鹃姐一向善解人意，对这些酒客从来以弟弟妹妹相称，所以酒吧生意才越来越红火。我也良心发现，觉得不能让阿多太失意，帮着一起请鹃姐过来。我明白，鹃姐一定会支持阿多的看法。

鹃姐听了原委，笑眯眯地看着阿多说：“还是那句老话，情人眼里出西施！”

阿多听到西施两个字，很是满意，说：“看到没？还是鹃姐支持我。”

鹃姐说：“我永远支持你！下次她再来，我就通知你。”

阿多很得意，说：“我觉得她特别优雅。”

鹃姐顿了一下，终于委婉地说：“其实她今天的打扮还不算很优雅，哪天好好打扮一下，就很优雅了。”

阿多早沉浸在春宵的幻想中了，说：“从今天起，我有目标了，我有个要爱的人，今天我很幸福。”

曾经有一个梦想

我的朋友阿多曾有一个梦想。注意，阿多是个男的。

阿多的老家在外地，他家境殷实（父亲是个厂主），在当地完全是大户人家。我们曾想象阿多当年在家的时候（当然那时还小），一定两手插兜，在街上游来荡去，吸引着待字闺中的目光。

阿多在老家一定有极好的桃花运，我们撺掇着阿多在老家找一个。他也有这个想法，不过却与桃花无关。

阿多梦想着娶一个这样的老婆。贤淑孝顺，在家奉养公婆，还可生下一男半女，阿多一年回家三天，即大年三十回家，初三便走。

有这样的老婆，既能解决对事业的忠，又完成了对父母的孝，自己可以在外尽情游荡，了无牵挂。

有这等好事，朋友们边听边流口水。但这么多年，口水也白流了。阿多至今也没有实现他的美梦。

朋友菜头也有这样的梦想。菜头也是男的。

菜头和要求结婚的女友结了婚。结婚的条件只有一个，结了婚就要到北京去开拓事业。女友爽快地答应了，菜头也真的孤身去了北京当书商。现在一年才过，菜头就想离婚了。

我也有这样的梦想。虽然我不是男的。

我要在家写作，讨个老公最好是白领。 他要兢兢业业，每天按时上下班。 白天我工作的时候他在公司，晚上回来陪我说说话，让我解解乏，顺便充当我与世俗生活的纽带。

我要出门采访，他会勤劳持家，我在外边和朋友泡吧喝茶，他在家里看电视。 见我回家还无比体贴，不干文字这行，一定以为我们这行辛苦极了，说不定还会崇拜我。

我这样的梦想，当然只能告诉我的女友，男白领听了这话还能上船吗？

当然我的女友听了个个赞同。

是啊，这年头，还讲什么男女之别。 尤其在关键之处。

一个人在外面飘，过着我们想要的生活，家里还有一个承担传统的人。

飘。 谁不愿做飘一代啊？ 书上说了，飘一代四方游走，不用扭曲自己，飘一代两手空空，不是没有钱，而是没有负担，只有希望。

可书上并没规定飘的一定要是男的，传统的责任就该女的承担啊。（当然书上也没说清楚，责任该怎么办。）

但有个道理都明白，在外边飘的，玩也玩了，说不准便飘出了名堂，越玩越光鲜。 家里的呢？ 受气小媳妇，煲汤的黄脸婆（男的也不妨用这个说法）。

我的女友们想清这个问题后，就开始较劲。 什么都不能影响自己飘啊。

你飘，不如我飘。

关于飘不飘的问题，朋友间最新的版本是，阿多终于找到了女朋友。 也是一个飘一代。

据说阿多打动她的话是这样的：孙悟空曾经不知道是该留下来娶紫

霞呢，还是去西天取经。 其实他找一个小尼姑和他一起取经不就可以了吗?

但还有一个说法是这样的，阿多以前一直扬言要找个女朋友看电视，他在书房写作，那女飘一代也曾扬言要找个男朋友放在客厅里，他们因为这个共同语言相谈甚欢，相互引为知己，最后两人一起留在了客厅看电视。

庄少要搞计划生育

听说庄少快有孩子了，大家在一起吃吃喝喝以示庆贺。算出一堆星座知识以供参考。庄少此前是跟我们讨论过他孩子最好要什么星座的。当时我对他说，如果想要开心，大胆，大大咧咧，热情，外向的孩子，那就生个火相的吧。跟他的性格又搭配。而且特别推荐白羊座孩子。因为白羊座的人不会吃亏，精力旺盛，只可能伤害人家的孩子，不会有别的孩子伤害到他。不要生金牛座的孩子，金牛座的待别人好，对自己苛刻，做金牛座孩子的父母要担心的。

自己也是白羊座的庄少深以为然。他就想要个好玩好带开朗活泼的孩子。我就对他说，那就在火相和风相中选择吧。

从出生时间反推受孕时间，大家又帮他们做了个一年的“造神计划表”，谁知，计划表还没开始使用，孩子就提前来到了。

现在初步推断，孩子可能在十一月上旬出生，会是个天蝎座。

跟庄少的设想大相径庭。

庄少第一时间就打电话来问，这个时间是什么星座。我说天蝎。他顿了顿。又问，我们朋友间哪个是天蝎？我和他共同的朋友基本上没有天蝎的。大都是火相和风相的。所以我也顿了顿，说，跟你老婆很合呢。庄少说，那天蝎有哪些个名人呢？他想知道天蝎会是什么感觉的。我居然也想不出几个正向例子，只能想起什么刘晓庆之类。忽然想起来了，说：孙中山。他说：我就讨厌这个人。后来在他家中，赶紧上网查。呵，正向的还是多嘛。比尔·盖茨就是嘛。音乐家、思想家、文学家都不少。

继续安慰他，说，天蝎前一个天秤，后一个射手，我指指阿多和小笨，都是肤浅的星座，还是天蝎深刻。庄少说，我不觉得他俩肤浅啊。阿多严肃地说，我们都背叛了我们的星座。

说了半天，大家终于都快乐起来，就跑到街边去吃海鲜烧烤。

此事令大家深感，命运是计划不得的。

又过了两周，庄少惊喜地报告大家："错了，错了！医生说了，预产期在十月初。那不就是阿多的星座嘛！"他一边说着，一边充满感情地抚摸着阿多的头发，当然，是完全下意识的。

阿多更是高兴，他早就报名要当干爹了，跟自己同一个星座，很说得过去。

好事多磨，到九月中，庄少夫人肚子疼痛，有可能早产，送到医院，庄少在焦虑之中还给我打来电话："这下咋办？要生成处女座了？我要不要喊老婆忍一忍？"

我只好劝说他："听天由命吧！"

天命还是遂了庄少的心愿，最后孩子真是到了十月初才出生。众朋友听说，也都直赞叹：哎，庄少真是太喜欢阿多了，生儿子也要生得像阿多才行。

从此某少是丈夫

我去到广州，以为广州能听到许多新鲜的八卦。

因为是这样的，我们生活中越来越缺少八卦。 经常女友们聚在一起谈论的八卦新消息，都是来自广州啊上海啊北京啊。 我们身边的八卦故事越来越少，因为我们好些能制造八卦的朋友都离开这里了啊。所以现在能听的故事，也是由外转内。

我要去广州旅行，不光是去看老朋友的，成都的女友也交给我一个任务，就是收集新鲜的八卦回来。

可是，我见到广州的女友，她们就拉着我说，快快八点东西给我们听吧。

于是三两个女友，专搞了场没有男士在场的八卦会，交换这两个城市的八卦。

可是出多入少，我便对广州的女友抱怨了，你不多八点东西，我回去怎么向成都的女友们交差？

广州的女友也委屈，我们这儿都没什么八卦了，所以才想听你那儿的八卦啊。 或者，你想听谁的绯闻吧，你点名，我来想。

我把我在广州认得的人想了一圈，大致情况我都知道，实在没有什么好问的了。

广州女友说，是啊，我们身边的朋友现在情感安定，结婚的结婚了，就算没结婚的，也情感有了归宿，这几年都风平浪静的，哪有什么可八的。

这么一讲，我想想，真的成都倒还比广州热闹一点。至少我们有两个永葆激情的朋友啊，阿多和某少。

阿多和某少是成都这个圈子的代表，有了他们，外地的朋友都认为成都的朋友永远激情无边，他们甚至是成都生活的代表，因为频繁地被写进专栏文字和小说里，外地的读者也容易以为成都只有吃喝玩乐和风花雪月。

甚至，外地的人来到成都，也会点名说，我想见一见阿多和某少啊。

这次，我在广州，广州的女友要听八卦，我最后能搬出的也只能是阿多和某少的故事了。好在，故事也算精彩，不负老友厚望。

我一边讲，一边心里暗想，幸好，在别处都无事的时候，成都还有阿多和某少。他们贡献的不单是一个个八卦，一个个段子，更重要的是，他们让我们觉得我们的生活还有有趣的成分，有超越年龄和规定的成分。

我个人另还有感激他俩的原因，因为他们从不介意我在稿子里面讲他们的故事，让我赚得许多稿费。

但这话讲不得。我刚从广州回来，就接到某少的电话，他说，他新婚的妻子看到了我新写的一篇文章，于是就质疑起他的现状来。某少说，我跟她讲，是文学加工吧，但是她还是生气，她非要问其中的那个“多啦A梦”是谁，我说就是一只卡通片里的机器猫，但是她说，这明明是个女孩的名字嘛！

我这才想明白，广州的朋友都偃旗息鼓了，成都的故事也慢慢地不能谈了。某少已是结婚的人，已经不能乱八了。